GILA NORMAN

Neun Tage in Évian

Ein Zeitzeuge begegnet der jungen Golda Meir

Ich bin schon sehr alt. Ab meinem neunzigsten Geburtstag habe ich aufgehört die Jahre zu zählen. Ich versuche, die Geschichte von Jacob Blumental zu erzählen, so gut ich sie erinnere. Dabei kann es sein, dass ich hin und wieder ins Philosophieren gerate, denn Jacob Blumental, mein Vater war eine schillernde Persönlichkeit. Immerhin begegnete er einer wichtigen jungen Dame, die er für Rita Hayworth hielt.

Wer war sie eigentlich, diese Dame, die heute zu ihrem 120-igsten Geburtstag in der „Deutschen Welle" erwähnt wird. Kaum jemand der jüngeren Generation kennt sie noch, aber für Israel ist sie fast wie eine Heilige. Das Fernsehbild zeigt das Foto einer alten Frau während der Nachrichtensprecher seine Routine Botschaften im Hintergrund verliest:

> *„Zum Gedenken an Golda Mei(i)r (man spricht es nicht wie den üblichen Meir, sondern betont jeden Buchstaben einzeln) zeigen wir jetzt einen Beitrag ihrer Stationen in der Politik Israels ..."*

Aber als Vater sie kennenlernte, war sie noch relativ jung und hieß noch Meyerson. Sie war mit einem Musiker verheiratet und hatte zwei Kinder. Genau das waren die Punkte, die Vater und sie gemeinsam hatten. Insbesondere die Musik, denn Vater war Sänger und Golda kannte sich aus in der Musik. Ihre Eltern sind nach Milwaukee ausgewandert als sie sechs Jahre alt war. So sprach sie akzentfrei englisch, während in ihrem Elternhaus weiterhin jiddisch gesprochen wurde. Ihren Namen änderte sie erst im Jahre 1954. Von da an nannte sie sich Golda Meir.

> *„.. Bekannt ist sie uns als ehemalige Ministerpräsidentin Israels während der Jahre 1969 bis 1974. Sie war eine alte Frau mit politischem Charisma, die damals schon fast einundsiebzig Jahre alt war ..."*

Ihre äußere Erscheinung entsprach eher einem unerotischen a-sexuellen Oma Typus, trotzdem verfügte sie über politisches Charisma mit einer starken Ausstrahlung.

Wer war sie eigentlich, diese Ministerpräsidentin, die mit 70 Jahren noch ins Premierministeramt geführt wurde:

> *„Golda Meir ist die einzige Frau, die in der Reihe der Gründer Israels aufscheint. Ihre Unterschrift ist eine von 37 unter der Unabhängigkeitserklärung vom 14. Mai 1948. Der 70. Jahrestag der Staatsgründung wird in diesem Jahr ausgiebig gefeiert.*
>
> *1898 in Kiew geboren, emigrierte sie mit ihrer Mutter und ihren beiden Schwestern als kleines Mädchen aus Furcht vor Progromen zu dem bereits in den USA arbeitenden Vater. Als sie 23 Jahre alt war, überredete sie ihren Mann Morris, mit ihr von Milwaukee nach Palästina zu gehen. Er und die zwei Kinder sahen sie oft monatelang nicht, wenn sie weltweit Geld für den Aufbau des Staates Israel sammelte. ...*
>
> *Sie trug stets strenge Kostüme, manchmal eine Perlenkette, die schwarzen Haare zu einem Knoten im Nacken gebündelt, die berühmte Handtasche mit den Zigaretten griffbereit.*
>
> *Freund und Feind beschrieben sie gleichermaßen als dickköpfig, konsequent und nachtragend. Sie hatte aber auch Humor. Mit wem sie es auch zu tun hatte, sie wollte Golda genannt werden. „Goldie" oder „Goldenyu" nannten sie jedoch ihre Liebhaber." ... Mit ihren Liebhabern benutzte sie Anspielungen auf die Mythologie wie*

‚März' oder ‚Mai'... „Sie, die normalerweise nur kurze Notizen schrieb, schüttete in diesen Wochen manchmal zwei bis drei Mal am Tag ihr Herz aus: „Weißt Du eigentlich, wie lieb ich Dich habe?" Tag für Tag, Stunde für Stunde, Nacht für Nacht sehne sie sich nach ihm. Sie sei auch bereit, alles zu sagen, „sogar das bekannte Wort, das wir uns verboten haben zu benutzen". Sie wollte nur eines: „Meine Hand in Deiner Hand!" Solche emotionalen Eruptionen und zauberhaften Liebesbeteuerungen traut man der sonst eher harsch auftretenden Frau gar nicht zu, die als Politikerin harte Entscheidungen treffen konnte. Diese Schreiben werden zum ersten Mals veröffentlicht in dem eben erschienen Buch „Lioness. Golda Meir And The Nation of Israel" (Schocken Books) ... Sie (die Autorin) führte auch Gespräche mit Freunden und Familienmitgliedern und durfte aus privaten Schreiben zitieren. ..."

„Die Mythologie war ihr Steckenpferd. März und Mai benutzte sie für die Korrespondenz mit ihren Liebhabern.

Das kommt mir doch bekannt vor, was Golda Meir in einem ihrer Liebesbriefe an David Remez schrieb, der über Jahrzehnte heimlich ihr Liebhaber war".

Zu sich selbst:

„Steht hier - schwarz auf weiß".

„Die Mythologie war ihr Steckenpferd, ... hatte Vater auch gesagt."

Als Vater sie kannte, war sie noch nicht so bekannt. Dafür war sie jung und hübsch, wie er immer betonte.

Würde mein Vater Jacob Blumental diese Erinnerungen zu Papier bringen, wäre es eine Hommage an eine attraktive junge 'Goldi', wie er sie immer nannte, die heute Hundertzwanzig Jahre alt geworden wäre.

Es sind die Dinge, die sich zum richtigen Zeitpunkt zufällig ereignen. Sie führten zu einer überraschenden Wende noch vor Beginn des zweiten Weltkriegs und erwiesen sich zu einer lebensrettenden Maßnahme für Jacob Blumental und seinem damals knapp dreizehnjährigen Sohn Jaques. Und dieser alte Jaques, das bin ich.

- Teil 1 -

Der Alte Jaques

*Sollte jemand meine Rolle als ,Jaques' im Film überneh-
men, dann würde ich diesen Herrn 'Jemand' als einen
hochgewachsenen, knöchrigen weißhaarigen alten
Mann sehen. Dass mein Gebiss bereits zum dritten Mal
ausgewechselt wurde, wäre weniger auffällig als meine
dicken Brillengläser und böse Zungen behaupten, meine
Augen hinter der Brille nehmen eulengleiche Ausmaße
an. Es gibt Tage, an denen ich mich Dank meiner Leich-
tigkeit ohne Spazierstock fortbewegen kann. Am liebsten sitze ich mit meiner Angel am Fluss, aber heute begleite ich meinen Enkelsohn Harrie zum Flughafen nach
Puerto Plata.*

*__Harries__ Fingerspitzen klimpern auf seiner zusammenge-
rollten Tageszeitung, als spielen sie eine Melodie. Es ist
ein sichtliches Zeichen der Anspannung, die sich vor jedem Flug bei ihm ausbreitet. Wir fahren mit dem Flugha-
fenbus, weil meine Fahrtechnik laut Harries Meinung
nicht ausreiche. Seiner Ansicht nach bin ich zu vergesslich
um den Weg nach Hause zurück zu finden. Das sind die
Momente, in denen ich ihn einen Rotzlöffel schimpfe.*
*So ein paar Schritte am Flughafen bringen mich jedes
Mal auf den Gedanken, auch weit wegfliegen zu wollen.
Aber diesmal reiht nur Harrie sich in eine Traube von
Menschen ein, die alle nach München wollen. Warum*

gerade München? Ursprünglich lebte ich mit Vater und Mutter die ersten Lebensjahre in München und ich habe anscheinend so viel darüber berichtet, dass er neugierig auf diese Stadt wurde.

Return Isabell und Harrie

Die übliche Checkliste vor Antritt eines Fluges war größtenteils abgehakt. Isabells Knie knackte beim Bücken. Ihre Augen suchten jede einzelne Schwimmweste rechts und links der Sitzreihen ab. Manchmal fühlte sie nach. Alles ok. Nichts fehlte. Die Sitztaschen wurden kontrolliert nach vorhandenen Sicherheitsanweisungen der Notausgänge des entsprechenden Flugzeugtyps. Manche Leute hinterließen in ihren Sitztaschen des Vordersitzes persönliche Briefe oder Notizen, die vom Reinigungspersonal leicht übersehen werden konnten. Beim genauen Hinsehen fand Isabell diesmal einen sorgfältig zusammengefalteten Bericht über den Badeort Sosúa. Der Ort liegt im Umkreis von Puerto Plata. Hat wohl jemand vergessen. Puerto Plata ist unsere Destination. Eigentlich gab es momentan wichtigeres zu tun, als sich an der Schlagzeile festzubeißen, aber sie liest weiter: ‚Deutsche Einwanderer haben sich vor Beginn des zweiten Weltkriegs in Sosúa niedergelassen. Sie gründeten eine eigene Bäckerei, einen Metzger den es bis heute noch gibt.' Den Steward neben sich hatte sie gar nicht bemerkt. Er blickt ihr seitlich über die Schulter:
„Das habe ich auch gesehen",
„sie sind vor unserem damaligen System geflüchtet, die Deutschen hatten sie rausgeworfen,"
„wann war das?"
„kurz vor dem zweiten Weltkrieg. Ende der dreißiger Jahre,"
„und jetzt machen die deutschen Touristen dort Urlaub?"

„Da ist es doch schön,"
„das lese ich nachher in Ruhe".

Der Rückflug erfolgt nach der üblichen ‚minimum-rest-Zeit'. Die Abendsonne scheint zum Fenster der hinteren Bordküche in die Boeing 747 hinein. Isabells junger Kollege schwingt fünf Teebeutel wie einen Propeller durch die Luft und hängt sie in die Teekanne. In Augenhöhe hängt ein Zeitungsausschnitt am Trolley. Er zeigt das Bild einer Flugbegleiterin, die in Hausschuhen und Morgenmantel, Lockenwicklern im Haar und einer Zigarette im Mundwinkel hängend im Gang der Sitzreihen steht und einem Passagier Kaffee einschenkt.
Isabel liest laut:
„I hate the early in the morning flights, die spricht mir aus der Seele. Der Weckruf heute Nacht hat mich aus meinem tiefen Traum gerissen. Wollte ihn mir eigentlich merken."
"Heute Nacht, du meinst heute Nachmittag"
Seine Teekanne vergräbt er im Trolley. Dem 'First Aid Kit' entnimmt er zwei Aspirin, die beim Auffüllen mit Coca-Cola kräftig aufsprudeln und reicht eins der Gläser Isabell.
"Aspi verdünnt das Blut und mit Cola putscht auf, das hilft."
"Bei uns ist ja fast Mitternacht, da darf man ruhig müde sein."

Am Flughafen Puerto Plata am Check-In Counter herrscht Hochbetrieb. Über dem Check-In-Counter hängt Harrie, ein hochgewachsener junger Mann, der seinen dunklen Lockenkopf ins Blickfeld des Computers gerichtet hat.

Er selbst würde sich als eine Melange aus einer dunkelhäutigen Dominikanerin und einem weißen Vater bezeichnen und gibt sich gern als kaffeebraun mit einem guten Schuss Sahne auf langen hochgestellten Beinen und einem kleinen runden sexy-e-e-Knackarsch kund. Isabell, seine zukünftige Flamme, sagt das ganz gern und langt ihm dabei an seinen Hintern.

„Mister Harrie Della Fontez", guckt ihn die junge Frau an der Gepäckabfertigung fragend an, „haben Sie Gepäck?"
Er schiebt seinen Koffer auf die Waage.

„Ist die Maschine nach München voll? Ich hätte gern eine Reihe mit viel Beinfreiheit. Wenn's geht an der Tür."
Nach kurzer Mimik hin und her ist ihm seine Platzkarte gesichert. Er erhält eine kurze Info über sogenannte „able body persons" die bei Notlagen im Stande sein müssen, dem Flugpersonal Hilfe leisten zu können.

Isabell und ihr Kollege lümmeln in der Bordküche und trinken beide ihre Coca-Cola mit Aspirin.
Über Bordlautsprecher kommt die Ansage für die Crew:
„PAXE"

Sie verstauen ihr Getränk und bewegen sich zur hinteren Eingangstür.

Beide setzen ein freundliches Gesicht auf, knöpfen Jacken zu. Er stößt Isabell an,
„Du nickst und ich sag' Guten Tag."
Es dauert nicht lange, da bekommt Isabell doch Ihre Zähne auseinander und grüßt auch - ist dem dunklen Lockenkopf sogar behilflich bei der Platzsuche.
Ihr Blick verrät, 'oh mir gegenüber am Emergency Exit'.
Die Passagiere wühlen sich durch das Gedränge der Kabine. Gepäck wird verstaut. Die Plätze sind eingenommen. Die Kabine klart sich auf.
Die Maschine rollt zur Startposition. Start-up ist gegeben. Über Bordlautsprecher ist zu hören:
„Take Off – Crew bitte setzen."
Die 747 dreht eine scharfe S-Kurve, die Triebwerke laufen auf Hochtouren.
Bremsen werden gelöst Gase hineingeschoben (wie es in der Fliegersprache heißt).
Es ist, als trödele der Flieger im zweiten Gang die Startbahn entlang.
Der Lockenkopf blickt unentwegt durchs Fenster in Richtung der zwei rechten Triebwerke, dabei hat er die Flugbegleiterin im seitlichen Blickwinkel.
Die geschätzte Geschwindigkeit liegt bei ca. 120 km/h. Und die Geschwindigkeit erhöht sich auf maximal 200

km/h. Wie war das nochmal mit der Abhebegeschwindigkeit geht ihr durch den Kopf.

Der Lockenkopf zur Flugbegleiterin die gegenüber zur Flugrichtung sitzt:

"Es brennt! Da kommt Feuer raus!"

Das äußere Triebwerk zieht einen Feuerschweif hinter sich her.

Nichts passiert. Die Maschine zieht ihren Start weiter durch, und zieht einen roten Feuerschweif hinter sich her. In den Sitzreihen sind alle still.

Der Lockenkopf krallt sich an seiner Lehne fest. Ihm sind Gedanken abzulesen:

Ich bin der erste, der rausspringt – Mitten durchs Feuer. Wenn's knallt … raus! (Wie grad erklärt am Check-in) HEBEL HOCH UND AUF DIE ANDERE SEITE, TÜR KOMMT NACH INNEN, DANN NACH AUSSEN STOSSEN, (Also nix mit 'able body person') ÖFFNEN UND RAUS!

Während er geradeaus starrend seine Armlehne immer fester umkrallt, als säße er auf einem Schleudersitz.

„Es ist aus. – Es ist wieder aus."

Das Ende der Startbahn ist erreicht. Das Abheben ist nur kaum zu merken, aber er schwebt. Nur drei Triebwerke laufen die eine Schaufel des Dreier-Triebwerks steht still.

Der Boden ist weg, nur noch Wasser, selbst die kleinsten Wellen sind sichtbar.

Die Maschine setzt an zu einer Rechtskurve über das Meer und verliert dabei wieder an Höhe, was eigentlich ganz normal ist, doch in diesem Moment macht es Angst! Sie fliegt so niedrig, dass man den Mast vom Segelschiff packen könnte.

Sie schwebt wie ein Geisterschiff, das kurz nach dem Take Off gleich wieder zu einem 'ditching' auf dem Wasser ansetzen wollte.

Niemand der Passagiere rührt sich. Schweigende Ungewissheit deren Luft mit dem Messer schneidbar ist breitet sich in der Kabine aus.

Die Kurve ist zu Ende, die Segelboote verkleinern sich. Zum ersten Mal rührt sich jemand in der Kabine.

Harrie lässt die Flugbegleiterin nicht aus dem Auge. Sie telefoniert mit einer Kollegin, "das Dreier-Triebwerk hat gebrannt!"

"Aha, alles unter Kontrolle. Kein Grund zur Besorgnis. Die automatische Löschanlage hat sofort eingesetzt, aber wir müssen umkehren. Wir lassen den Treibstoff ab und warten auf ein Alternate".

Wenn auch nur Fragmente für ihn verständlich sind, aber dass alles unter Kontrolle ist erleichtert Harrie. Langsam lösen sich seine Hände, die krampfhaft seine Sitzlehnen umkrallt hatten.

Der Kollege kommt von der letzten Reihe hoch zur Kollegin und setzt sich neben sie. (Der Jumbo liegt – auch

während des Fluges – nie ganz gerade in der Luft. Insbesondere im hinteren Teil 'hängt' er tiefer).
"Ich hatte das Gefühl, ich komm da hinten nicht mehr mit. Als ihr endlich abgehoben hattet, hing ich immer noch da unten" Harrie zugewandt, fühlt er sich zu einer Erklärung verpflichtet,
"wissen Sie, wenn der Flieger einmal richtig fliegt, dann fliegt er. Egal, ob sich die eine Schaufel im Triebwerk dreht oder nicht. Jetzt brauchen Sie sich keine Sorgen mehr zu machen"
Über Bordlautsprecher kommt die Ansage aus dem Cockpit:
"Hier spricht Ihr Kapitän. Aus technischen Gründen müssen wir umkehren nach Puerto Plata ..."
Harrie deutet auf das Ende der rechten Tragfläche, an dem der Treibstoff abgelassen wird. Es sieht aus, als zögen sie weiße Seile hinter sich her.
Harrie zum Nachbarn,
"Schaut mal, was hier abgelassen wird über dem Meer"
"Das ist Kerosin," mischt Isabell sich ein.
"Das muss wieder abgelassen werden ... wegen unserem Landegewicht"
Es folgt ein schneller Wortwechsel, der Bordlautsprecher scheint uninteressant.
"Das wäre doch was für Greenpeace", meint Harrie zur Nachbarin.

"Das nächste Mal überquerst du den Atlantik mit 'nem Segelschiff"

Harrie will wissen, "was hat der da gerade gesagt?"

Isabell: "Dass wir jetzt nach Puerto Plata umkehren".

Flugbegleiter (zückt die Schultern)

"Aircraft-Change?"

Harrie "Air-Was??"

"Wir werden wohl umgebucht auf eine andere Airline."

Während die Maschine sich im 'holding' über dem karibischen Meer bewegt, löst sich die Stimmung.

Beim Aussteigen übergibt Harrie Isabell seine Visitenkarte.

„Sehen wir uns auf einen Drink"

Sie hält seine Visitenkarte in der Hand:

„**Harrie Della Fontez** – interessanter Name" Weiter fällt ihr auf

„Sosúa? - Ich habe einen Artikel darüber gelesen, das heißt ansatzweise, noch nicht alles."

„Den Artikel kenn ich, er handelt von den ehemaligen jüdischen Einwanderern, ich bin auch ein Sprössling von denen. Mein Großvater ist damals vor eurem Adolf nach Sosúa geflüchtet."

Inzwischen haben sich viele der aussteigenden Passagiere an Harrie und Isabell vorbeibewegt. Immer noch die Karte betrachtend, fällt Isabell ein:

„Wissen Sie, ich bin ja eigentlich Journalistin. Ihre Geschichte interessiert mich sehr."

„Wir bleiben im Kontakt".

„Mein Großvater wird Ihnen sein ganzes Leben erzählen. Er wartet schon lange darauf, dass ihm jemand zuhört. Kennen Sie Golda Meir?"

„Natürlich".

Am Flughafen Puerto Plata steigt die Crew wieder ins Taxi ein.

Der Kapitän gibt Infos über den weiteren Verlauf:

„Die Hotels in Cabarete haben keinen Platz für uns, wir bleiben über Nacht in Sosúa, danach bekommen wir neue Infos zu unserem weiteren Einsatz," - er wendet sich Isabell zu und betont, -

„und unsere Paparazzi's bitte ich um äußerste Diskretion. Ist kein gutes Image für unsere Airline, wenn ich unser 'Return' morgen in der Tagespresse verfolgen muss."

„Was soll d a s   denn". Kontert Isabell. Wer soll denn hier was veröffentlichen?"

„Schreiben Sie nicht für die vier großen Buchstaben?"

„Sie wissen doch ganz genau, dass ich nicht für die ‚vier Buchstaben' arbeite."

Der Alte am Fluss

Am Hotel Pool notiert **Isabell** in Stichworten die Infos, die sie von Harrie über seinen Großvater erhalten hatte.

Dann schlägt sie die SZ auf, die sie aus dem Flugzeug mitgebracht hat. Blättert flüchtig durch und bleibt beim Artikel „Die Löwin" über Golda Meir hängen.

Sie faltet die Süddeutsche Zeitung der Rubrik HISTORIE GESELLSCHAFT mit der Überschrift Die Löwin VON ALEXANDRA FÖDERL-SCHMID auf, überfliegt den Anfang und staunt,

> „... David Remez hat viel von der Korrespondenz mit Golda Meir aufgehoben. Offenbar haben sie langweilige Sitzungen dazu genutzt, um sich wie verliebte Teenager Zettel zuzustecken: „Ich warte auf das Ende der Konferenz, um Dich endlich zu sehen", schrieb sie ihm. Auf einem anderen: „Ich muss leider nach Hause wegen Sarahs Geburtstag."
>
> Beide waren verheiratet und hatten Kinder. Mit der Ehefrau des anderen Liebhabers Schasar war sie befreundet. Nach Einschätzung der Autorin war aber Remez die Liebe ihres Lebens. Diese Ansicht teilt auch dessen Sohn Aaron, der von der langjährigen Affäre wusste: „Sie sah in ihm einen Mann, der sie als öffentliche und private Person verstand." ... „Laut Schilderungen seines Sohnes saßen beide noch im hohen Alter händchenhaltend auf dem Rücksitz ihres Dienstwagens. In

ihrer Korrespondenz in Jiddisch und Hebräisch benutzte das Liebespaar Codewörter - aus Angst vor den Ehepartnern und dem Geheimdienst. Beide benutzten Anspielungen auf die Archäologie - eine gemeinsame Leidenschaft."

Die Seiten ihrer Notizen sind abgegrabbelt mit Eselsohren an den äußeren Stellen. Manche Zeilen sind gelb markiert. Dann wieder ganze Passagen durchgestrichen. Unübersichtlich und strukturlos liegt ein Berg Papier vor ihr, bis ein Windstoß dafür sorgt, mehrere lose Seiten vom Tisch zu wehen. Vertieft in ihre Notizen und gerade noch die letzten davonwehenden Blätter zu retten machen sich ihre übrigen festgehaltenen Gedanken davon. Einige fängt der junge Mann auf. Legt sie auf den Stapel, packt einen leeren Aschenbecher drauf und in diesem Moment blickt Isabell auf. Sie will sich gerade beim Kellner bedanken, der wie sie glaubt ihr zur Hilfe gekommen zu sein. Ihr Ausdruck erhellt sich. Die eben noch angespannte Stirnfalte lockert sich. Weit geöffnete helle Augen erkennen Harrie, der plötzlich neben ihr steht, als hätte sie ihn herbeigedacht. Angenehm überrascht betrachtet er ihr wehendes Haar, das ihrem äußeren eine andere Ausstrahlung verleiht, als dieses zum langweiligen Pferdeschwanz zusammengebundenen Teil passend zur Uniform. Alle sehen gleich aus, nicht nur weil sie an Bord Uniform tragen, sondern alle tragen einen zusammengeknoteten Dutt oder Schwanz. Aber hier mit ihrer

leicht gelockten seidigen hellen Mähne wirkt sie weibli-
cher. Er erinnert sich an das schwarze Kajal. Auch das
machen alle weiblichen Flugbegleiter gleich. Alle bema-
len sich als stehe ihnen ein öffentlicher Auftritt bevor.
Wimpern lang wie Fliegenbeine werden zu kleinen
Drahtseilen, die sich bis zu den Augenbrauen hoch bewe-
gen. Sie sehen alle gleich aus, wie Schaufensterpuppen.
All das hat Isabell jetzt weggelassen und ohne diese vie-
len Farben der Kosmetikindustrie erscheint sie natürlich
und frisch. Während er sie so mustert, wie ein Schüler in
der ersten Tanzstunde, blickt Isabell zu Harrie auf. Die
Überraschung, ihn anstelle des Kellners hat ihr ange-
strengtes Denken in einen strahlenden Ausdruck verwan-
delt. Dieser hübsche Kerl von vis-à-vis aus dem Flieger
geht ihr dabei durch den Kopf. Er baut sich richtig auf.
Braucht er doch gar nicht, ist doch so hoch-gewachsen.
„Ich konnte mir denken, dass Sie hier sind, Crews steigen
immer in schönen Hotels ab. Hier ist es auch ganz schön.
Sosúa gehört zu den wenigen touristischen Orten, die
nicht nur aus 'All Inclusive' Anlagen bestehen. Es hat ei-
nen Ort mit Geschäften, jede Menge Restaurants und
Bars. Gilt auch als Single-Treff." Blickt sich um, „den
Strand schon gesehen?"
„Bin grad erst aufgestanden". Die eben noch umherge-
flogenen Notizen verschwinden jetzt zusammengerollt in
Isabells Strandtasche. Ihre Gedanken nicht weiter zu

strapazieren, lässt sie sich gern überreden, den Strand zu erkunden.

Den feinsandigen Strand entlang, den kleinen Fluss hinauf, der als Rinnsal im Meer landet heißt es für Isabell 'Füße aufheben'.
„Der Alte dahinten ist Jaques mein Opa. Er geht hier immer angeln." Der Alte erkennt Harrie und traut seinen Augen nicht. Füße aufheben, hat ihre Mutter sie schon immer ermahnt. Vor lauter Hölzchen und Stöckchen, dazwischen Palmenwedeln ist die Angelleine so gut wie unsichtbar. Eine frische Meeresbrise zieht kleine krause Wellen über die Flussmündung.
"Vorsicht, junge Frau mit den Gedanken wohl ganz woanders? Manchmal denke ich, alte Leute sieht man nicht mehr. Aber sie gehören zum Fluss des Lebens, alles fließt an dir vorbei, wenn du es fließen lässt, wirst du von dem Fluss getragen. Er trägt dich durch Veränderungen hindurch. Du musst ihm nur vertrauen." - „Ach. Schlau." Harrie verdreht die Augen.
Die Leine hat sich am Klettverschluss von Isabells Turnschuh verhakt.
„Ja stimmt. Es ist die Gedankenlosigkeit, aber mir fehlt der regelmäßige Schlaf. In meinem Beruf gibt es keine geregelten Zeiten."
„Kenn ich gut." An seiner Leine hat ein undefinierbarer kleiner Fisch angebissen.

"Ich bin Jaques. Bei mir begann die Schlaflosigkeit, als mein Sohn Johannes sich Hals über Kopf nach USA abgesetzt hat und seine dominikanische Frau Mathilda hier zurückgelassen hat. Mathilda wir nennen sie Thilda war nicht gerade begeistert. Sie war hochschwanger mit Harrie, ihm da drüben" und deutet zu Harrie. „Ich glaub nicht, dass Isabell das interessiert."

„Hat denn keiner nachgefragt, wohin nach USA?"

"Die Dominikaner gingen irgendwie lockerer mit dem Thema um, hat wohl auch niemanden interessiert, aber ich kann seitdem auch nicht mehr schlafen."

„Naja alte Leute können eh nicht schlafen, das ist ja bekannt," mischt Harrie sich ein.

"Das Thema begleitet mich lebenslang. Habe ich von meinem Vater geerbt. Opernsänger war er oder wäre er gern gewesen. Oft bekam er Rollen für nebensächlichen Figuren, wurde dann aber aufgrund seiner Renitenz dem Intendanten gegenüber vorzeitig rausgeworfen. Das ist lange her." Macht eine kleine Pause, erzählt weiter,

"kennen Sie sich aus in deutschen Geschichte?" Harrie guckt genervt. „Doch das interessiert sie."

"Klar"

"Der zweite Weltkrieg?"

"1939 begann er, glaub ich zumindest", sie kräuselt die Stirn dabei nudelt sich ihr rechter Zeigefinger um eine helle Haarsträhne, die zu einer langen Locke wird. Ich hole weiter aus: "Genau und 1938 war in Frankreich *noch alles recht friedlich. Deshalb flüchteten wir nach 'Evian' an den Genfer See. Vater hatte dort ein Engagement erhalten. Er sollte abends im 'Wiener Café' auftreten. Es befand sich im Hotel Royal. Wenn er dort sang, brachte er die Stimmung der Leute in kurzer Zeit auf Hochtouren. Die oberflächliche Glitzerwelt hatte sich hier gehalten. Gefeiert wurden sie alle, die Künstler, die Dichter, die Reichen haben sich vermischt. Alles vermischte sich. Religionen waren altmodisch. Niemand wollte was wissen von irgendwelchen Verfolgungen bestimmter Glaubensbrüder und die 'Comedian Harmonists' traten in Duplikaten auf. So auch mein alter Herr damals. Einige brillierten mit ihren künstlichen Kastratenstimmen."*

„Kenn ich von meiner Oma. Die mochte die 'Comedian Harmonists' auch." Bestätigt Isabell und hört gespannt zu.
"Mein alter Herr schien wohl die Fratze in der Seifenblase rechtzeitig erkannt zu haben, in der die Marschmusik vom weiten trommelte. Das war alles im Jahr 1938."
"Aber das wollen Sie ja gar nicht wissen."
„Das denken Sie, weil ich so müde aussehe."
"Nein, das denke ich nicht. Müdigkeit ist mir ja wohl bekannt, wie ich grad sagte, und immer, wenn er …
- Gott hab ihn selig -, immer wenn er nicht schlafen konnte, las er im 'Spinoza'. Las mir laut vor. 'Spinoza', der

als junger Mann von seiner jüdischen Gemeinde exkommuniziert wurde, prägte sich zum Spiegelbild seiner Seele aus. Wenn er von Gott sprach, sprach er von jemanden, der eins war mit der Natur und einer höheren Intelligenz, die alle Substanz in sich vereint. Er war sich sicher, dass alles was geschieht, ausnahmslos den planmäßigen Gesetzen der Natur folgt. Und 'so könnte es sein' wiederholte Vater sich von Zeit zu Zeit."

Ihre Empathie schmeichelt mich. Obwohl die Beiden nichts Gemeinsames haben, erinnert Isabell mich an den Rabbi in unserer Siedlung. Sie animiert mich dazu, immer weiter auszuholen, halte mich aber zurück und lasse meine Gedanken kreisen. Erinnere mich an das Bild meiner Aufarbeitungen mit dem alten Rabbi. Ich hatte die Zeit der Flucht damals intensiv mit einem jüdischen Geistlichen, einen Rabbiner aufgearbeitet. Ich musste oft weinen, wenn er die Geschehnisse von mir und Vater hinterfragte. Und hinterfragen konnte er gut. Wollte wissen, wie es mir denn ging hinter all dem theoretischen Kram, wie er es immer nannte, wollte wissen, wie es mir denn wirklich ging, wenn ich von Mutter oder Vater erzählte. Vater, dem Opernsänger und Mutter, der sensiblen Pianistin. Dass sie gut Klavierspielen konnte, hatte ich ihm schon abermals oft erzählt, aber wie es mir denn ging, als sie plötzlich nicht mehr da war, - dieser Frage von ihm bin ich grundsätzlich ausgewichen. Bin doch ein Meister im Verdrängen. Musste doch Vater zuhören, wenn er aus dem Spinoza vorlas, bis er so angedudelt war, dass sich die ganze Schiffs-Kabine um ihn herumgedreht hatte, er seinen Schmöker fallen ließ und schnarchte. Gott sei Dank nie besonders lange. Er gab einen besonders lauten Schnarcher von sich, von dem er wohl wieder wach wurde und nicht mehr einschlafen konnte. Aber ich konnte schlafen. - Ja, so liefen die Dialoge zwischen mir und dem Rabbi ab und dann wollte er wissen, von was ich denn geträumt habe. Erinnerst du dich an Träume? Wollte er von mir wissen. Tatsächlich konnte ich an einen immer wiederkehrenden Traum erinnern, der mich kurzzeitig erwachen ließ und anschließend wieder weiterging. Es war Mutter, die im Traum immer wieder auftauchte. Sie kam nachts und deckte mich zu, dann erzählte sie mir irgendwas und ich musste weinen und schluchzte und schluchzte. Sie hielt eine Taschenlampe in der Hand und leuchtete meine Tränen einzeln ab. Dabei trocknete sie jede Träne mit einem der großen Taschentücher und nahm mich so fest in ihre Arme, dass wir eins wurden in der Verschmelzung. - Während ich diesen Traum dem Rabbi schilderte, liefen mir die Tränen an beiden Wangen herunter. Sie liefen in dicken Tropfen an den Wangen herunter, als seien es Regentropfen, die an einer Fensterscheibe heruntergleiten. Das Gesicht blieb dabei reglos, genauso wie die Fensterscheibe, gegen die der Regen platscht. - Welche Farben hatte der Traum? Schwarz-Weiß, gab ich zur Antwort. Es war die spontane Umarmung des Rabbis, der mich seinen Armen eng umschlungen hielt, die alle feinstofflichen Energien meiner eisernen Hülle sprengten. Ein Wasserfall löste eine Diffusion aus in meinem knapp dreizehnjährigen Körper.

„Ich habe Ihnen meinen Namen noch gar nicht gesagt, ich bin Jaques und uralt."
"Isabell".
Harrie kurvt uns durch die ganz moderne Stadt von Sosúa, deren Erinnerung sich in einigen Straßennamen ausdrückt. Isabell blickt aufmerksam um sich, Harrie kurvt durch die Dr. Alejo-Martinez-Straße, an der Synagoge vorbei, biegt in die David Stern Straße ein und danach in die Dr. Rosen Straße.
„Da ist die Synagoge, aber wir sind nicht streng gläubig, so wie manche."
"Wir sind hier schon in der ‚Dom Rep'?"
"Es gibt viel zu erzählen", ergänzt Harrie.
Sie biegen in die Straße der Wohngegend nach 'El Baty' ein.
"'El Baty' ist ein Vorort von Sosúa. Vater hatte dort ein Stückchen Land erworben. Ursprünglich gehörte das Land mit zur Bananenplantage von 'Chiquita'. Ein amerikanisches Unternehmen bekannt unter dem Namen 'Chiquita' hatte ein großes Stück Land an den damaligen Diktator 'Trujillo' zu einem Freundschaftspreis verhökert. Hier sollten die eingewanderten deutschen Juden das

Land neu bestellen, was anfänglich aber in die Hose ging. Riesige Tomatenplantagen wanderten nach der Ernte ins Meer, weil die Dominikaner keine Lust auf Tomaten hatten. Tomaten zählten zu einem Gemüse, das sie nicht kannten und deshalb auch nicht brauchten."

"Nachdem der Anbau mit den Tomaten schiefging, durfte das Land bebaut werden".

"Unter einer Bedingung", ergänze ich,

"bekommen hatte Vater das Grundstück unter einer Bedingung. Er musste eine Anzahl von Palmen um seine neue Hütte herum bauen. Seine Hütte wurde mit den Jahren immer weiter ausgebaut und modernisiert. Die kleinen neu angepflanzten Palmenwedel entwickelten sich im Laufe der Jahre zu hohen schlanken Palmen mit weiten Palmenwedeln. Und das alles mit Blick auf den Atlantik in der Nähe vom 'Chiquita Strand'. Hier konnte ich bleiben."

Ein altes Schild 'Jacob Blumental' ist in der Hauswand befestigt.

"Tja, für mich war klar, hier gehe ich nicht mehr weg. Und Mathilda war natürlich auch ein Grund. Tilda wie ich sie immer nannte war ein rassiges kurviges Weib aus Santo Domingo. ... Ich glaub mir hört hier keiner mehr zu, wo seid ihr zwei?"

Harrie und Isabell sind tief versunken im Gespräch in der Veranda.

Harrie legt eine Merengue Musik in den CD-Player ein und dreht auf volle Lautstärke.

"Du hast Geburtstag."

"Du weißt ich lasse meinen Geburtstag grundsätzlich ausfallen, ich hasse die grauseligen Zahlen die über die neunzig gehen, aber du kannst mir und meinem alten Schulfreund Benni einen guten Bordeaux öffnen."

"Die Musik spielt laut. Extra für dich."

"Ich bin ja nicht schwerhörig! Diese 'Merengue' Musik, die gehört zu diesem schönen Panorama. Die salzige Seeluft, und gleich da vorne das Meer mit seinen Stränden, es ist einfach schön und als Kinder haben wir es hier genossen. Ich war ja erst dreizehn als ich mit meinem Vater ankam. Wir Kinder waren in unserem Element."

Isabells Blicke bleiben an einem verschwommenen schwarz-weißen Foto einer jungen dunkelhaarigen 'Golda' hängen.

"Sie ist hübsch", schaut zu Harrie, "war das deine Oma?"

"Nee, das war doch die süße Goldi, ich kenne sie auch nur aus Erzählungen, aber Jaques hat sie im vollen Glanz miterlebt."

"Da kommt mein Schulkamerade Benni, ja wir sind hier die Gruftis. In eurer Generation sind das die Gothics, mit dem Unterschied, dass wir nicht in schwarzen Gewändern und abrasierten Haaren herumlaufen."

„Nee, die Gothics sind jung und keine Gruftis."

Eine Wolldecke vor sich tragend schlürft Benni in die Veranda. "An meinem Kopf ist nicht viel abzurasieren".

Er macht es sich bequem und fährt fort,

"hat er euch schon vom Spinoza erzählt?"

"Alles ist den natürlichen Gesetzten der Natur unterwor-
fen," gibt Isabell zur Antwort,
"ich meine das Geld im Spinoza"
"Geld im Spinoza?" Das ist auch für Harrie neu.
"Habe ich das nicht erzählt? - Wahrscheinlich hat Harrie
wieder nicht hingehört, dann erzähl ich es nochmal, diesmal für Isabell, also - er riss alle Seiten vom Spinoza raus.
Fast alle. Ein paar Seiten, die ihm wichtig waren blieben
erhalten. Die Hohlräume wurden aufgefüllt mit seinem
Vermögen aus alten zerfledderten Geldscheinen, die er
bei meinem Vater angelegt hatte. Im Spinoza, so dachte
er war es gut und intelligent verpackt, um auf die Flucht
zu gehen."
"So war es dann wohl auch", ergänze ich.
„Zum weiteren erzählen können wir uns auf der Veranda
breitmachen".
Dieser Bordeaux ist vom feinsten, der Korken floppt.
Zwei Gläser für zwei alte über neunzigjährige werden
von Harrie zur Hälfte gefüllt. Isabell trinkt nur Wasser.
Harrie, Isabell, Benni und Jaques prosten sich zu. Alle reden sich mittlerweile mit du und dem Vornamen an. Die
Runde ist entspannt. Isabell kramt in ihrer Handtasche
nach einem Block und einem Kugelschreiber, der wie ge-
wöhnlich nicht schreiben will. Mit einem Bleistift, der
kaum Farbe hergibt, krizelt sie ihre Notizen, die mit
‚Jaques, der letzte Zeuge' beginnen.
Jaques guckt ihr sozusagen in die Karten.

„Komm ich in dein Tagebuch?"

„Ich würde mir gern Notizen machen. Notizen darüber, was dich bewegt hat, hier her zu kommen."

„Wo soll ich anfangen?"

„Irgendwo."

Man kann förmlich zusehen, wie Jaques die Gedanken durch den Kopf sausen. Ich glaub es war beim Schachspiel. Da konnten sie die Umgebung beobachten und so tun, als konzentrieren sie sich aufs Spiel. Das Schachspiel hatten unseren beiden alten Herren benutzt, um alles aus zu klüngeln, was sie bewegte.

„Richtig ... sie trafen sich regelmäßig ... ist ja alles schon so lang her. Mein Vater Jacob und Bennis Vater Aron trafen sich angeblich jeden Tag zum Schachspielen."

Teil 2

RÜCKBLICK

Zur Zeit der Geschehnisse vor dem zweiten Weltkrieg schrieben wir das Jahr 1938.

Wir, Vater und ich hatten es kurz vor Kriegsausbruch gerade noch geschafft in ein fernes Land auszureisen. Genauer gesagt war es uns gelungen auf die Karibik Insel Hispaniola zu immigrieren. Es waren viele Zufälle, die es uns ermöglichten, Europa Hals über Kopf auf dem Seeweg verlassen zu dürfen.

Die Türen öffneten sich für uns, als Vater überraschend Post aus ,Évian-les-Bains' erhielt. Ein Ort, der heute für sein Heilwasser bekannt ist und am Genfer See liegt.

Er sollte für einen erkrankten Sänger der ,Comedian Harmonists' einspringen. Die Vorstellungen fanden im ersten Hotel am Platz statt. Dass hier ein internationaler Kongress stattfand, wusste Vater gar nicht. Ihm ging es zunächst nur um die Ausreise in ein anderes Land und Frankreich galt damals als relativ sicher. Doch das änderte sich schnell. Auch hier wurde es nach einiger Zeit unsicher. Wäre ihm nicht die attraktive junge Frau über den Weg gelaufen, die er für Rita Hayworth hielt, wäre unsere Geschichte sicher völlig anders verlaufen. Er hatte nur noch Augen für Rita Hayworth, die natürlich eine andere war. Auch eine alte Ministerpräsidentin von Israel wie Golda Mei(i)r war einmal jung. Und genau sie war es, die er für eine Filmschauspielerin hielt, nicht zuletzt deshalb, weil er gerade einen Film mit jener Diva gesehen hatte.

Er hatte also die junge Ausgabe einer späteren Ministerpräsidentin kennengelernt. Eine Journalistin, die von Präsident ‚Roosevelt' zum Évian Comité persönlich einberufen wurde.

Vertreter der restlichen Welt bis hin nach Australien sollten in diesem Comité darüber entscheiden, wer wieviel verfolgte Juden bei sich aufnehmen kann.

So kam es, dass Vater allabendlich für die Persönlichkeiten der hohen Politik in einer gefakten Version der 'Comedian Harmonists' mitträllerte.

Er brillierte mit seiner Tenorstimme für die von Roosevelt einberufene Golda genauso wie Trujillo, dem damaligen Präsidenten der Dominikanischen Republik (Hispaniola). Ich verweilte während der Vorstellung meistens an einem Ecktisch und wartete auf das Ende, schlief ein oder beobachtete ihn. Jedes Mal, wenn er Golda erblickte, dann baute er sich noch mehr auf und überragte die kleinen Franzosen um fast einen Kopf.

Mitunter laufen die Erinnerungen im Rückblick wie ein Film vor meinem inneren Auge ab. Dann passiert es mir, dass ich in der ersten Person der ‚Ich-Form' spreche.

Dann wiederum geistern mir Erlebnisse durch den Kopf, die mir selbst fremd erscheinen und es ist, als betrachte ich das Geschehen aus weiter Entfernung.

Dann gleite ich in die dritte Person ab. Ich erlebe, wie es dem damals fast dreizehnjährigen ‚Jaques' erging. So, als würde ich ihn weit weg von mir stellen.

Bügeleisen 1938

Wie ich schon erwähnt habe, hatten wir es grad noch rechtzeitig vor Kriegsbeginn geschafft, unsere deutsche Heimat zu verlassen.

Von meinem Klassenzimmer aus konnte ich die deutsche Marschmusik schon vom weiten hören. Benni schoss jedes Mal hoch, wenn diese Marschmusik an unserem Klassenzimmer vorbeikam. Dabei beugte er sich zur Fensterbank und drückte seine Nase an der Scheibe platt. Sein Atem hinterließ dabei einen Fleck in der Größe einer Zitrone. Dann wurde er ermahnt mit den Worten, da komme der Führer und „setz dich hin Kirschbaum". Immer sagte er Kirschbaum zu Benni. Redete ihn immer mit dem Nachnamen an, statt mit Benni. Und außerdem hieß er Kirschenbaum und nicht nur Kirschbaum. Aber er war nicht zu halten, bis die gesamte Reihe an der Fensterfront an der Scheibe hing und dem Geschehen zusah. Zusah, wie die marschierende Truppe ihren rechten ausgestreckten Arm vor sich herhielt. Eine Stimmung voller Ehrfurcht verbreitete sich. Und wenn ich zuhause bei meinen Eltern über diese Momente sprechen wollte, wurde ich abgelenkt mit Nichtigkeiten wie: „Was habt ihr denn heute für Hausaufgaben auf?" Und Benni ging es wohl ähnlich zuhause. Vater sprach immer von einem „Rosenfeld", wenn er mit Mutter diskutierte. Später wurde mir dann klar, dass er den damaligen amerikanischen Präsidenten meinte. So eine Art Zeichensprache.

„Wie kommen wir hier heil raus!" Wir waren zum Mittelpunkt der Krisensituation geworden. Eine Zeitlang haben wir nicht hinschauen wollen. Nun holte die zunehmende Ablehnung uns ein. In der Schule redete fast niemand mehr mit uns. Ich meine mit mir und Benni, der neben mir saß und auch nicht gern gesehen war.

„Was haben wir getan? Was wollen die von uns?" Fragten wir uns täglich aufs Neue. Dann hörten wir die Marschmusik und eine begeisterte Masse von Menschen, die anmarschiert kamen. Zuhause wurde uns eingeimpft außerhalb der Wohnung nicht zu reden. Nirgends. Eines Abends schaute ich zu, wie Vater aus seinem Lieblingsbuch die Seiten herausriss. Die Hohlräume polsterte er mit Geldscheinen aus.

„Warum tust du es nicht in deine Geldbörse?" Wollte ich wissen. „Frag nicht so dummes Zeug!" Verwies er mich in scharfem Ton. „Mach deine Hausaufgaben."

Vor unserem Wohnzimmerfenster stand eine große Kastanie. Sie begann gerade, ihre Blätter zu entwickeln. „Wenn die Kastanien blühen, ist der Sommer vorbei", sagte Mutter immer. Aber das stimmte ja nicht. Sie meinte damit etwas anderes. Vielleicht dachte sie, wenn die Kastanien blühen, sind wir nicht mehr hier.

Das Sonnenlicht flackerte durch die jungen Blätter der Kastanie hindurch direkt auf Mutters Bügelbrett. Ein feuchtes Tuch hinterließ eine Dampfwolke, die das Bügeleisen in vorsichtigen zick-zack Bewegungen der Kante entlangfuhr. Ich konnte beobachten, wie sich ihr Brustkorb langsam hob und senkte. Diese Atembewegungen machte sie immer, wenn sie zu einem Dialog mit Vater ausholte. „Was müssen wir tun, um hier heil rauszukommen."

Die Nachricht, die die der Postbote erst am späten Nachmittag brachte, war als hätte uns der Zufall ein kleines Wunder beschert.

„Es ist ein Brief auf Frankreich". Um ihn zu öffnen, riss Vater ihn aus lauter Ungeduld in Fetzen. In der anderen Hand hielt er einen mit Schreibmaschine getippten Text in französischer Sprache. Beim Überfliegen des Textes verwandelte sich sein starres Gesicht in einen Ausdruck, den eine Wolke des Glücks überfällt. Dabei schmiss er sein rechtes Bein seitlich hoch, das linke tätschelte das rechte in der Luft kurz nach und begann immer noch den Brief in der Hand haltend zu trällern: „Ein kleiner grüner Kaktus bei mir auf dem Balkon, hollarie hollarie hollaro ..." „Ich will sehen, was sie geschrieben haben."

Wir waren übermütig und während Vater sang und tanze, war Mutter für einen Moment abgelenkt. „Was riecht denn hier so verbrannt?"

Hätte das Bügeleisen kein Loch in Vaters Hose gebrannt, wäre alles perfekt gewesen. Ich saß in der Ecke und freute mich. Hätte er mein breit grienendes Gesicht gesehen, hätte er mir sicher eine geschmiert. Seine einzige gescheite Hose. Geschah ihm Recht.

Schach mit Aron

Ende der dreißiger Jahre entschieden meine Eltern sich deshalb dazu, Deutschland zu Verlassen. Unter den politischen Verfolgungen litt auch besonders unser Familienleben.

Bennis Vater, Aron Kirschenbaum war ein schwergewichtiger Mann. Benni hatte die äußere Erscheinung seiner Mutter geerbt und blieb bis ins hohe Alter schlank. Sein Vater Aron erschien mir jedes Mal, wenn ich ihn sah dicker. Wir nannten ihn immer den Gelddrucker, weil er ein Bankgeschäft hatte. Aron Kirschenbaum stand oft hinter der Gardine an der Fensterscheibe seiner Bank. Die Scheibe sah aus, als würde sie nie geputzt werden. Das fiel mir sogar als Kind auf.

Die Zwangsversteigerungen von Besitztümern gehörten zur Tagesordnung. Seit dem Frühjahr begann die gesetzliche „Arisierung". Alles hatte sich verschlimmert bis hin zur Existenzbedrohung. Aron und Vater trafen sich allabendlich, um die aktuelle Lage zu besprechen. Arons Umfang hatte wenig Platz in seinem dunklen Anzug. Für den Außenstehenden schienen mein Vater Jacob und Aron vertieft in ihr Schachspiel. Arons Schachfiguren waren aufgebaut in der Position zur Rochade. Die beiden trafen sich regelmäßig zum Schachspiel im Café. An diesem Tag war lautes Gewirr von Unruhen durchs verbappte Fenster erkennbar. Arons breiter Hintern labte rechts und links über den Stuhl hinaus. Im Blick hatte er uniformierte Männer, die widerborstig mit einem Passanten umgingen. Andere Uniformierte pöbelten auf Passanten ein. Der deutlich biegsamere Jacob drehte sich zum Fenster:

„Zum Teufel …" Aron gestikulierte, er soll sein Maul halten, er zeigt auf seinen Turm:

„Ich setze auf den ‚Turm' der alle schlägt."

"Seit wann schlägt der 'Turm' alle? Was meinst du damit?"

Aron machte eine Pause und setzte über den Tisch gebeugt im Flüsterton fort,

„pass auf! Wir werden überall bespitzelt und als nächstes werden wir rausgeworfen aus diesem Land. Durch die neuen Ariergesetze ist jetzt alles institutionalisiert. Unsere jüdischen Betriebe sind stigmatisiert. Den jüdischen Privatbanken drohen Besitzübertragungen auf arische Inhaber. Mach ich's nicht, treiben sie mich in die Liquidation, so wie sie es schon mit vielen anderen gemacht haben.   Hier werden erstklassige Intrigen geschmiedet. Kein Privatvermögen ist mehr sicher. Jetzt muss alles schnell gehen,"

er schaut kurz zur Seite, hält die Hand vor sein Gesicht,

„da vorne, der glotzt andauernd hier her. Wir reden am Sonntag weiter. Zuhause können wir in Ruhe fluchen."

Benni freute sich immer ganz besonders, wenn ich mit meinen Eltern zu Besuch kam. Es gab so gut wie keine Schulkameraden mehr, die mit ihm spielen wollten oder genauer gesagt die nicht mit ihm spielen durften. Wir wohnten zu weit auseinander, um uns täglich zu verabreden. Meine Mutter Ruth hatte sich für den Besuch bei den Kirschenbaum's wieder besonders aufgestylt. Sie schminkte ihre vollen Lippen mit einem knallroten Lippenstift und trug ihre taillierte Rüschenbluse, die sie intensiv mit Stärke besprühte bevor sie sorgsam Rüsche für Rüsche gebügelt hatte.

Es roch nach dem Duft des Kaffees. Beim Anblick der selbstgebackenen Apfeltorte lief Aron das Wasser im Mund zusammen. Er bediente sich zuerst mit einem großzügigen Schlag Sahne, den er über sein Stück Kuchen klatschte. Bennis Mutter verdrehte die Augen und konnte sich nicht verkneifen:

"Man sieht ja wo´s bleibt."

"Dann friss deinen Kuchen doch selbst."

"Ach so war das nicht gemeint … ".

"Aber Ruth kann noch was vertragen,"

„der ist dir diesmal besonders gut gelungen," lobt Ruth den Kuchen. Ihr geht schon die ganze Zeit über durch den Kopf, dass Jacob unbedingt das Gespräch auf ‚Einstein' bringen muss, sofern sie nicht selbst zu Wort kommt. Wenn Jacob einmal das Gespräch an sich gerissen hat, wird er ständig lauter und niemand kommt mehr zu Wort. Also muss sie den Kuchen loben und im selben Atemzug, lenkt sie das Thema auf ‚Einstein‘, der ein Einreisebüro für deutsche verfolgte Flüchtlinge in Amerika eingerichtet hat,

„Wir sollten versuchen, den Kontakt zu ‚Albert Einstein‘ herzustellen.“

„Glaubst du, der wartet auf uns?“ Meint Aron.

„Das habe ich ihr ja auch schon gesagt!“

Und schon wieder gibt Jacob den Ton an. Ruth lehnt sich in ihren Stuhl zurück.

„Der blöde Roosevelt will doch gar nicht, dass seine Glaubensbrüder zu ihm in sein Land kommen!“

Aron meint,

„der gehört doch zu einer anglikanischen Kirche,“

„dann ist er konvertiert!“ Unterbricht Jacob,

„sein Name ‚Roosevelt‘ heißt doch nichts anderes als Rosenfeld. Genauso wie du Kirschenbaum heißt und ich Blumental.“

Benni und Jaques wurden ganz still. Lauschten dem Gespräch mit groß aufgerissenen Augen. Irgendwann fiel das sogar Aron auf. Er hob seinen Zeigefinger, verschärfte seinen Ton, wobei er Benni in seinem Fokus hatte:

„Dass das klar ist! Ihr redet NIRGENS über das was hier gesprochen wird! Nicht draußen beim Spielen. Nicht in der Schule!“

Benni war inzwischen in eine Abwehrhaltung gesunken, als schütze er sich vor einer Tracht Prügel, die er jeden Moment einfangen könnte. Heiße Ohren gab es in der letzten Zeit oft. Selbst dann, wenn er gar nichts angestellt hatte. Aber wenn Gäste da waren, nahm er sich meistens, was die heißen Ohren betrifft zusammen. Es war seine Art, Respekt auszuüben. Selbst die Frauen reagierten dementsprechend defensiv, wenn Bennis Vater sein Machtwort sprach. Aber das war mit der Mahnung an Benni noch lange nicht beendet. Er fuhr fort,

„das war speziell in England so. Da sind viele Juden zu den Anglikanern konvertiert!"

„Ach das interessiert jetzt nicht", traut sich Arons Frau ihren Mann abzuwürgen.

„wir haben andere Probleme als deine Vermutungen zu diesem blöden Ami!"

Benni und Jaques zappelten mit den Beinen unterm Tisch:

"Wir wollen endlich aufstehen", quengelt Benni und stupst seinen Freund Jaques an:

Im selben Moment bewegten beide mit vollen Backen auf dem Weg nach draußen.

"Jetzt können wir wirklich in Ruhe reden," meinte Jacob, beugte sich über den Tisch zu Aron, der gierig seine Torte in sich hineinschob. Reste vom Tortenboden bleiben in seinen Zahnhälsen hängen. Seine Aussprache war feucht, weil er nicht abwarten kann, bis sein Mund leer ist.

Benni und Jaques hatten sich auf den Hof getraut. Manchmal wurden die beiden schräg von Leuten angeredet, haben sich aber wenig beeindrucken lassen. Zu zweit waren die Beiden stark.

Benni, wie er genannt wurde, hatte nicht die Fettleibigkeit seines Vaters Aron Kirschenbaum geerbt. Auch seine Gesichtszüge glichen seiner attraktiven Mutter. Jacob redete Bennis Mutter gern mit ‚Kirsche' an. Nicht nur der Name Kirschenbaum passte gut zu ihr, er fand sie war auch saftig wie eine Kirsche und zum Anbeißen schön.

Einen Fußball, dem man das Alter ansah war eines unserer wenigen Spielzeuge. Je schärfer geschossen wurde, desto mehr fürchtete Benni einen Fehlschuss.

"Bloß nirgends in die Scheibe hauen", die denken wir sind Nazis!"

"So ein Quatsch".

Während ich den Ball umklammerte, versuchte ich aus Benni herauszubekommen,

"was die da oben für geheimnisvolle Sachen reden".

"Ich glaub meine Eltern wandern aus in die Schweiz. Eigentlich nehmen die niemanden auf. Aber Vater hat 'n Haufen Kohle, und mit Kohle geht alles."

"Und meine Mutter will nach USA".

"Jaques, da würde ich am liebsten mitkommen."

"Von wegen, ich glaub die will sich mit ihrem Liebhaber diesem Paul Miron absetzen."

Benni erstaunt: "Was sagt dein Vater denn dazu?"

"Der kapiert mal wieder nix."

"Wieso? Kapiert er nix!"

"Wir üben die ganze Zeit über eine Arie aus ‚Carmen‘, weißt du, diesen Ohrwurm, wo die Micaela den Leutnant bittet, sich um die kranke Mutter zu kümmern,"

"ja und? - Weiß ich doch. Und du singst immer die Sopranstimme der Michaela."

"Genau, aber das mein ich doch gar nicht!"

"Ja was denn? - Mach's doch nicht so spannend!"

"Sie erzählt die ganze Zeit von diesem Pianisten, mit dem sie ein Konzert in USA plant. Oder in Kuba. Aber Vater hört nicht hin."

„Oder wo??"

„Kuubaa, oder so was Ähnliches. Keine Ahnung"

"Und?"

"Er hört die Zwischentöne nicht! Weißt du! Das "Fis" und das "Es" hört er nicht. - Aber als nächstes gehen wir erstmal nach Frankreich. Vater hat ein Engagement in Evian-les-Bains."

"Kenn ich nicht - ich kenn nur Paris."

Benni stößt den Fußball mit seinen Händen am Boden auf und ab. Will weiterspielen. Als es schummrig wurde, kamen Mutter und Vater und schauten uns eine Weile zu. Auf dem Heimweg redeten beide kein Wort miteinander.

Am nächsten Tag hörte ich schon früh die Haustür zuklappen. Während Vater unterwegs war, übten Mutter und ich das Duett aus Carmen allein.

„Je dis que rien ne m'empouvante..."

mit heller Knabenstimme begleite ich meine Mutter zur Arie der Micaela aus ‚Carmen' und warte, dass Vater seinen Part singt.

Drei Stunden später klingelte es. Vater stand vor der Tür.

„Hast du uns vergessen?" begrüßt Mutter ihn ungeduldig.

„Heut geht nichts, trällert beiden allein weiter."

„Ja, für wen üben wir denn?" „DU sollst nächste Woche vorsingen!", nötigte sie ihn.

„Ich weiß, Mama spielt sich ein, du singst die ‚Micaela' und der ‚Leutnant' ist morgen perfekt. Verabschiedet sich mit: „Morgen wieder - ist doch eh erst in einem Jahr" und lässt die Haustür hinter sich hinter sich zufallen, dass sie knallt.

Mutter zuckt kurz zusammen, schüttelt sich, mit lautlosem AAA öffnet sie ihren Mund - weiter gehts nicht - sodass alle Schneidezähne zusehen sind, die kurz darauf wieder aufeinander fallen, danach ein unüberhörbares SCH hervorbringt, welches ihre Lippen zu einem Haifischmaul formt, bis sie sich in ein tiefes OOO verwandeln, die kurzfristig an ‚Edvard Munch's Schrei erinnern. - Warum schreit sie nicht einfach. Schrei, dass er ein altes Arschloch ist, wollte ich ihr eigentlich sagen.

Vaters eiliger Rückzug galt wie so oft in letzter Zeit seinem Freund Aron, der nicht alle Bankobligationen sofort verflüssigen konnte. Er benötigte etwas Zeit, um sein Vermögen in 'cash Money' umzuwandeln. Deshalb hatte sich Vaters kleines Vermögen auf viele kleine Scheine verteilt, denen es wiederum galt, sie sicher und unauffällig zu verpacken. Was bot sich da besser an, als der dicke Band von Vaters geliebtem 'Spinoza'. Dafür interessierte sich niemand. Und niemand würde den abgegrabbelten Wälzer klauen wollen.

Der eh' schon zerfledderte Buch Band von ‚Spinoza‘ musste also herhalten, damit sich die großen alten Lappen von Geldscheinen gut verpacken ließen. Stattdessen mussten unzählige intelligente Seiten dran glauben. Sein ganzes kleines Restvermögen versteckte sich in den Zwischenräumen vom Spinoza. So gab es noch ungefähr zehn Seiten. Die wichtigsten zehn Seiten, die Vater unbedingt behalten wollte, aus denen er mir später immer vorlas mit der Begründung, wenn er die Worte von Spinoza verstünde, dann verstünde er auch den Sinn unseres jetzigen Daseins, denn der Verfolgungsdruck nahm täglich mit Geschwindigkeit zu und man konnte nur noch handeln. Einfach nur der Intuition folgen. Das war sein Motto und dabei verlor er Mama ganz aus den Augen, die jeden Schritt genau durchdachte, bevor sie entscheidende Veränderungen umsetzte. Er dahingegen kämpfte gegen den Rest der Welt und damit auch gegen uns. Mutters täglichen Proben bei ‚Miron' fanden von Tag zu Tag länger statt und beim Abendessen war sie fast ins Schwärmen geraten, wenn sie über seine Virtuosität als Pianist sprach.

„Er wird irgendwann ein Konzert in Amerika und Kuba geben."

„Schön," das war alles was Vater dazu einfiel.

„Ich würde ihn gern begleiten," sie wartete auf eine Antwort, ergänzte dann noch,

„ein Konzert für zwei Pianos"

„Wenn das so einfach wäre, wären wir längst schon in den Vereinigten Staaten. Habe' ich doch neulich erst gesagt, dass dieser Roosevelt uns nicht will."

„Aber Albert Einstein setzt sich für die verfolgten Flüchtlinge ein."

„Ich will den Scheiß nicht mehr hören!"

Donnerte er ihr entgegen. Und damit war das Thema vom Tisch. Seine cholerischen Anfälle waren selbst mir zu viel, obwohl ich nur Zuschauer war. Und je cholerischer er wurde, desto mehr wandte Mutter sich ihrem Pianisten zu. Ihre Ernsthaftigkeit hatte Vater nicht begriffen. Vor allem, wie sie es sagte und mit welcher Vorsicht, all das bewegte mich emotional, konnte es damals aber noch nicht einordnen.

Bei einem Spaziergang kam es wieder zum Gebrüll. Vater brüllte überhaupt immer, wenn ihm die Argumente ausgingen. Er dozierte nur. Und was man ihm entgegenhielt, interessierte ihn sowieso nicht. Deshalb fragte er auch nicht nach, wenn er etwas nicht verstanden hatte. Auf diesem Spaziergang war er wieder gänzlich durchgeknallt. Und erst als er seine Wut ausgepowert hatte, kam er langsam wieder zu sich. Es war ein langer Spaziergang als der Weg eine Biegung machte. Mutter hielt sich wieder die Ohren zu. Nur Ich bemerkte das.

Er brüllte: -Aha, das hatte er also doch mitgekriegt. - "Dieser blöde Paul Miron, der schleicht sich in unser Leben ein mit seinem schrägen Geklimpere! Was bildet der sich eigentlich ein".
Ohrenzuhalten nützte dieses mal nichts, sie hörte trotzdem alles und entgegnete,
"Bildet sich gar nichts ein. Ich weiß gar nicht was du immer hast. Er ist Solist und versteht sehr viel von seinem Handwerk."
„Was für ein Handwerk soll das denn sein!"
„DUU kannst noch nicht mal Noten lesen."
„Was??"
„Es sind die Zwischentöne! Du hörst sie nicht! Du siehst sie nicht! Du blökst einfach drauf los."
„Was verdammt nochmal für Zwischentöne?!" Jetzt kommt ein Kommentar von hinten.
„Mutter meint, das Fis und das Cis,"

womit er noch lauter wurde, und genau das war der Moment, als Mutter stehenblieb und ihn einfach brüllend weitergehen ließ.

"Bin ich vielleicht   KEIN Solist?! Wisst ihr überhaupt, was es bedeutet, seine Stimmbänder vor einem gesammelten Publikum ständig unter Kontrolle zu halten, während dieser Klavierklimperer lediglich seine Pfoten über die Tasten rasen lässt, und das in einer Geschwindigkeit, bei der kein Mensch mehr hört, was richtig oder was falsch ist. Der kann ruhig mal danebengreifen..."

Ich sah Mutter, wie sie mit zugehaltenen Ohren stehen blieb. Je weiter er sich entfernte, desto leiser wurden seine Flüche für sie. Eine Biegung der Straße ließ ihn schließlich auch visuell aus ihrem Blickfeld verschwinden.

Ich hatte mich gerade zum Pinkeln ins Gebüsch verkrümelt, damit er mich nicht auch noch angeht und als ich meine Hose zuknöpfte, mich dabei umdrehte, war Mutter auch aus meinem Blickfeld verschwunden.

„Wie lange brauchst du denn noch?!" rief Vater mir hinterher und drehte sich dabei einmal im Kreis herum. Wo steckst du denn! Und wo ist Mutter!"

„Sie ist weg!" Antwortete ich verzweifelt.

„Weg. Wieso weg! Eben war sie doch noch da!"

Einige Zeit war Mutter dann wie vom Erdboden verschwunden. Vermutlich zu Paul Miron geflüchtet. Aber
wo hielt dieser Paul Miron sich auf? Keine Ahnung.

Als Mutter Aron traf

Durchs Fenster winkt Ruth am vorbeigehen Aron zu. Er ist gerade im Begriff, sein Büro zu verlassen und abzuschließen,

„es ist schön dich zu sehen Ruth. Wo willst du hin?"

„Eigentlich nur nachhause."

Dass sie zuhause seit Tagen nicht mehr aufgetaucht ist, wusste Aron nicht. Von Paul Miron erzählte sie ihm bewusst nichts.

„Komm mit trink einen Kaffee mit mir."

„Gibts wieder ein paar Leckereien?"

„Alles was du magst."

Aron und Ruth waren sich von der ersten Minute ihres Kennenlernens nah. Es liegt über Jahre zurück als Benni und Jaques gemeinsam eingeschult wurden. Zwischen uns besteht eine Art Seelenverwandtschaft meinte Aron schon immer.

Ein guter Tropfen Weinbrand gehört für Aron grundsätzlich zu Kaffee und Kuchen und man könnte meinen, der Tropfen sei das Wichtigste. Er genoss es mit Ruth allein zuhause zu sein. Er hatte täglich mit Menschen zu tun und wusste sehr gut, wie man mit den Menschen umzugehen hat, damit sie sich dem Gegenüber öffnen können. Einfach Zuhören, das war eines seiner Stärken. Aber diesmal hörte er nicht nur zu. Der Weinbrand auf nüchternem Magen enthemmte beide gleichermaßen. Ruth begann über ihre ‚Wechselbäder' mit Jacob zu erzählen. Nach einem tiefen Seufzer legte er seine Hand auf ihre Schulter, tätschelte an ihrem Arm und wiederholte, „Wechselbäder ..."

„Diese Wechselbäder sind nicht mehr zumutbar. Nicht auszuhalten. Diese cholerischen Ausbrüche brauchen mich auf. Ein Wort, das gerade fällt genügt. Es genügt ein einziges Wort, das gerade passt um raketenartig zu explodieren und die schwarze Energie fließt wie flüssiges schwarzes Pech."

Diese krasse Ausdrucksweise kannte Aron an Ruth nicht. Es muss wirklich schlimm sein, geht ihm durch den Kopf und dabei entpuppt er sich zu einem Küchentherapeuten.

„Wie kannst du dich schützen? ..."

fällt er ihr ins Wort.

„Das Gegenüber kannst du nicht verändern, nur darüber reflektieren. - Wie kannst du dich schützen, dass du nicht unentwegt diesen negativen Kräften ausgeliefert bist. Du bist verantwortlich für dich selbst. Wenn du nicht auf dich selbst aufpasst, - jemand anders tut es nicht. - Und was du so schilderst, entspricht einem hohen Leidensdruck. Willst du dich diesem Leidensdruck weiterhin aussetzen? Dich abermals häufig hinstellen und Tränen aus der Unendlichkeit deines Herzens fließen lassen? Willst du die Opferrolle weiterhin pflegen? Solange bis du völlig ausgebrannt bist? Willst du das wirklich!" - Aron verschwindet im Bad und kommt anschließend mit einem Handspiegel zurück, den er vor Ruth vors Gesicht hält.

„Schau hinein!"

Sie kann dem Spiegel nicht ausweichen. Ihre Blicke versuchen es zwar, schielen beschämt zu Boden, um sich dann in alle Himmelsrichtungen zu verstreuen. Er deutet erneut auf den Spiegel.

„Schau hinein. - Was siehst du?"

Wenngleich sie nichts zu sagen hat, so ist das Innere zutiefst betroffen. Aber nicht zeigen, denkt sie sich. Aron war Ruth schon immer nah. Diesmal traut er sich noch näher an ihre verborgenen Emotionen ran.

„Wer ist das, den du da siehst. - Sehe hin."

Umso erschrockener ist sie, als ihr Blick das Spiegelbild trifft. Die anfängliche Erschrockenheit verändert sich in Verärgerung. Am liebsten würden sie das Spiegelbild zerschlagen.

„DA! Das Bild im Spiegel! - Genau das ist der Punkt. Du willst dich selbst zerschlagen."

Seine Worte klingen jetzt eher nachgiebig.

„Ist es richtig? Du würdest dich selbst zerschlagen. - Das Bild im Spiegel, das bist du ... die Wechselbäder, die nicht mehr auszuhalten sind. Die haben dich zerstört."

„Die cholerischen Ausbrüche, "

„genau, die cholerischen Ausbrüche, die wie ein Fass voller Müll über dich geschüttet wurden. - Ist das richtig?"

Dabei hält er den Spiegel jetzt mit beiden Händen vor.

Ohne eine Miene zu verziehen sprudeln aus einer Quelle der tiefen Seele Flüssigkeiten über ihre Wangen, die nicht zu stoppen sind.

„Alles ist verschwommen. Ich kann nichts mehr erkennen."

Ohne eine Miene zu verziehen fließen ihre Tropfen am Kinn herab bis auf ihre Bluse.

„Dein Herz sagt also die Wahrheit."

Das Spiegelbild ist verschwommen und es ist, als wolle es fortgespült werden von der Quelle, die zum Fluss wird, und schließlich in einem Meer der Freiheit mündet.

Er zaubert ein sorgfältig zusammengefaltetes Herrentaschentuch aus seiner rechten Hosentasche hervor. Ein unbenutztes, frisch gebügeltes Tuch mit dem Buchstaben A für Aron einem weiß gehäkelten Rand.

Das Wohnungstürschloss bewegt sich. Die Tür lässt sich von außen nicht öffnen, weil Aron vergessen hat, den Schlüssel von innen abzuziehen.

Es klingelt.

„Das ist mein Weib, hab vergessen den Schlüssel abzuziehen." Verdreht die Augen, „ich komm ja schon."

An der Haustür steht seine Frau vollbeladen mit Brot unter dem Arm und einer vollgestopften Einkaufstasche.

„Immer lässt du den Schlüssel stecken!"

„War ganz in Gedanken."

„Wir haben Besuch?"

„Wir haben uns zufällig getroffen."

Gestikuliert nonverbal Ruths traurigen Befindlichkeit.

„Ach heult sie wieder wegen Jacob. Dabei hat sie doch so einen netten Mann."

„Von wegen ..."

will Aron kurz erklären aber sie fällt ihm ins Wort mit,

„ich wünschte, ich hätte auch so einen tollen Mann, der seine Familie mit seiner wunderbaren Tenorstimme beglücken kann,"

Ruth hört alles mit, wischt sich die feuchten Wangen trocken. Setzt ihr freundlichstes Gesicht auf,

„ja dich liebkost er gern mit „meiner Kirsche", aber zuhause erlebst du ihn nicht."

Sollte eigentlich ein Joke sein. Ist ihr aber misslungen. Und die Retour Kutsche kommt prompt,

„und für deinen Paul Miron bist du seine „kleine Fee".

Letzte Erinnerung an Paul Miron

Paul Miron war der Klimperer, wie Vater ihn immer nannte. Das war meine letzte Erinnerung an meine Mutter. Sie blieb einfach stehen, als Vater ohne Punkt und ohne Komma fluchend neben uns herging. Damit hatte sie sich für immer grußlos von uns verabschiedet und ich war der einzige, der ihr Stehenbleiben bemerkt hatte. Lange Zeit dachte ich darüber nach, ob sie wohl mit Paul Miron dem Pianisten nach Amerika oder Kuba ausgewandert ist. Und wenn, warum hatte Mutter mich nicht mitgenommen? Diese Frage blieb für mich lebenslag offen. Oder war sie in Deutschland geblieben und nur kurzzeitig zu Paul Miron gezogen? Am liebsten wäre ich losgezogen um Mutter zu suchen. Irgendwo würde ich sie finden, dachte ich.

Aber Fakt war es, Vater und ich verließen Deutschland ohne Mutter und zogen nach 'Evian-les-Bains'. Wir mussten weg. Der Druck in Deutschland war zu groß. Und während wir überall gemieden wurden, hatte Mutter sich tatsächlich für Miron entschieden. Eigentlich hieß er Paul und Miron war sein Nachname, aber sie fand Miron schöner und nannte ihn immer beim Nachnamen. Schließlich war das ja auch ein Vorname.
Viel später erfuhr ich, dass sie sich mittlerweile ganz bei Miron aufhielt. Soweit ich erinnere, hatte Benni über

seinen Vater Aron Kontakt zu ihr. Mutter hatte Aron jedoch zum Schweigen verpflichtet, was Paul Miron anging. Viel später erfuhr ich von Aron, er habe Paul Miron nie einordnen können, was sein Charakterbild betreffe. Hatte vieles nicht verstanden. Dennoch hatten sich viele Dinge im Hinterkopf eingegraben, so als hätte das Unbewusste schon alles begriffen, wozu das Bewusste altersentsprechend noch nicht in der Lage war.

Der unaufhörlich fließende Bach vor Mirons Fenster vermittelte ein Wohlbehagen. Oft folgte er nur den Wellen des Flusses. Im Hintergrund ‚zwitscherte' die „Pastorale" aus dem Lautsprecher eines hölzernen Radioapparates heraus. Er hatte seine Staffelei über seinem Fenster zum Hof aufgebaut während Ruth den Kaffee filterte, der einen angenehmen Duft gemahlener Bohnen verbreitete. Schwarzer Kaffee war nicht in allen Haushalten selbstverständlich. Überall musste gespart werden. Miron schaute zum Fenster hinaus und sah dem fließenden Bach nach wo er mitunter stundenlang verweilte.

Mit der Kanne in der Hand schaut sie seinen schwungvollen Pinselbewegungen zu:

„Ich male die ‚Pastorale', wäre viel lieber Maler geworden, da tun mir die Pfoten nicht so weh. Dieses geklimper jeden Tag..."

„Jetzt fängst du auch noch an"

„Womit"

„Nichts. Ist alles ok"

„Beim Malen wird man Eins mit der Natur. Beethoven hat diese Symphonie auch an einem Fluss geschrieben und den kreire ich jetzt für ihn."

„Dann müsstest du jetzt komponieren"

„Hörst du sie, die Nachtigallen und den Kuckuck?"

„Mit Phantasie vielleicht"

„Ich habe keine Lust mehr zu klimpern. Mich will sowieso niemand mehr hören"

„Rede nicht so ein Quatsch. Einstein wird dich in den USA sicher vermitteln," auch ihm ging sie auf die Nerven mit ihrem nach Amerika ausgewanderten Physiker.

„Du mit deinem Einstein. - Wenn du ihn nicht persönlich kennst, wird daraus sowieso nichts."

„Immerhin haben wir noch die Option mit Havanna. In einem Reisebüro der Hamburg - Amerika - Linie werden mehrere Kreuzfahrtschiffe angeboten, die in Richtung Kuba gehen."

„Du willst in diesen Sündenpfuhl, wo reiche Amis in Spielhöllen und Nuttenvierteln verkehren?"

Mirons Stimmung ist in diesem Moment in völlige Verunsicherung geraten. Irgendwas passt ihm überhaupt nicht.

Mit dem Werkzeug, womit er gerade noch die blauschwarze Farbe vermischte, kleckst er nun einen dicken dunklen Fleck in die Mitte des Baches. -

Ruth stutzt:

„Surreal - sieht aus als wäre ein Rabe ins Wasser gefallen.“

„Er ist abgestürzt und ersoffen,“ verbessert er Ruth.

„Schwarzmalerei ist das“ rauft sie ihre Mähne durcheinander! Im wahrsten Sinne des Wortes, - es ist Schwarzmalerei. Schau hin. Ein abgestürzter Rabe.“

„Du hast den schönen Fluss verkleckst.“

Weiter setzt er einen weicheren Pinsel im fließenden Wasser an und verleiht den Wellen sensible unterschiedliche Schattierungen. Beginnt mit hellen fröhlichen Farben an der Quelle, die zunehmend kräftiger und dunkler in ihren Schattierungen werden. Hin und wieder spiegeln sie das Sonnenlicht wider und sehen an manchen Stellen schwarz-weiß aus. Inmitten dieses fließenden Spektakels schwimmt der schwarze Rabe mit seinem überdimensional wirkenden Hakenschnabel.

„Er ist ein Gestaltwandler“

„Ein was??“

„Ein Götterbote mit magischen Kräften“. Sie reagiert sauer, donnert die Kaffeekanne auf den gedeckten runden Tisch, wobei der Deckel leicht hochhüpft:

„Du meinst Dunkelheit und Tod!“

Dies alles gefällt ihr nicht, fährt fort:

„Bleib doch lieber beim Kuckuck oder ... Singvogel. Ich meine die Nachtigall.“

Dabei tatscht sie mit ihrem Zeigefinger in die flüssige Farbe des toten Raben und hinterlässt einen dicken Abdruck mit dem Zeigefinger.

- TEIL 3 -

Dann kam Golda 1938

Es blieb mir nicht viel Zeit über Mutters verschwinden nachzudenken.

Vaters Engagement am Genfer See in Évian-les-Bains begann in Kürze. Wir saßen auf gepackten Koffern. Benni und sein Vater Aron der Gelddrucker, wie wir ihn als Kinder immer nannten verabschiedeten uns.

"In Frankreich ist es sicherer als in Deutschland", meinte Aron

"wohin?" Will Benni wissen,

"nach Evian-les-Bains habe ich dir doch schon erzählt."

"Sein Vater hat einen Auftritt im besten Hotel am Platz"

"da steigt nur Prominenz ab", fügte Vater hinzu. Und genauso war es dann ja auch. Die politische Prominenz aus 32 Ländern stieg in diesem kleinen Örtchen Évian ab, welches im Nachhinein nur noch für sein Mineralwasser bekannt war. Und die kleine berühmte Frau, der er begegnet war, erlang erst in den siebziger Jahren an Weltbekanntheit in der Politik. Nur konnte sich zu diesem Zeitpunkt in den siebziger Jahren niemand mehr so recht vorstellen, dass diese Ministerpräsidentin Israels in der Vorkriegszeit Ende der dreißiger Jahre - denn zu dieser Zeit hatte sich die Begegnung zwischen Vater und Golda zugetragen - an Attraktivität mit einer Rita Hayworth

mithalten konnte. Jedenfalls hielt Vater sie damals kurzzeitig für Rita Hayworth.

Es war ein Glück, dass wir aus Deutschland noch rausge-
kommen sind. Frankreich schien im Jahre 1938 noch relativ sicher. Dass wir nur noch zu zweit waren, konnte
Vater nie verwinden. Wir waren auf der Flucht. Nur noch
zu zweit. Vaters Emotionen wechselten täglich. In Weh-
mut und Selbstmitleid fühlte er sich mal als armes allein-
gelassenes Opfer, dann war er wieder voller Wut darüber, dass es jemand überhaupt wagen konnte, ihn mit
seiner Brut einfach allein zu lassen. Wie es mir dabei
ging, danach fragte eigentlich niemand. Dass ich Mutter
jeden Tag aufs Neue vermisste, ging dabei unter. In Gedanken war sie immer bei mir. Vater dahingegen war nur
solange bei Mutter, bis er eines Tages Golda erblickte.
Von da an blieb er nur noch Golda auf den Fersen. Einmal hat er sie tatsächlich erwischt. Meine Phantasie als
damals fast dreizehnjähriger ging förmlich mit mir
durch. Ein Bild von ihr aus jungen Jahren, die damals
noch ihren Mädchennamen trug, hängt heute noch an
der Wand im Flur. Ihr Foto trug er überall mit hin. Damals auf Reisen nahm Vater es nie mehr aus seiner Tasche.
Eigentlich hatten Mutter und Vater sich in den Kopf gesetzt, zu Albert Einstein nach USA zu immigrieren. Immer wieder zählte Vater sein kleines Vermögen an Geld

und legte es nebeneinander auf den Küchentisch, als seien es Spielkarten. Erst viel später habe ich verstanden, welche Gedanken ihm dazu durch den Kopf gingen. Hatte nur immer gedacht, kann er sich denn den Betrag nicht merken? Oder warum muss er immer wieder neu die Scheine in die Hand nehmen und nachzählen. Es war ja nicht nur das nachzählen, er hatte eine komische Knickordnung entwickelt, als wolle er Schiffchen damit falten. Während er die Schiffchen faltete, bläute er mir ein, dass ich mit niemanden darüber reden dürfte. - Mit niemandem! Hörst Du! Drohte er mit dem Zeigefinger. Auch nicht Benni. Niemanden. Gut das hatte ich verstanden. Also keine Schiffchen, sondern etwas Ernsteres. Irgendwann hatte der aufgehäufte Stapel von Banknoten dasselbe Format wie sein Schmöker, in dem er oft blätterte. Später erfuhr ich, dass seit April 1938 alle Juden in Deutschland ihr Vermögen anzumelden hatten.

Das kleine angesparte Vermögen schien also in Gefahr. Waren wir später in Frankreich am Genfer See wirklich sicher? Langfristig hatte Vater ‚Albert Einstein' im Visier. Er wusste von seinem Einreisebüro in den USA. Es gab eine Stiftung für Immigranten, die der deutsche Physiker eingerichtet hatte. Und Vater glaubte, der deutsche Physiker wird einem deutschen Künstler sicher die Einreise ermöglichen. Und wenn wir schon mal in Frankreich sind, wird es leichter sein, ein Ausreisevisum zu erhalten. Immerhin hatte dieser Einstein schon so vielen deutschen Flüchtlingen geholfen. Warum nicht auch Vater. Dass ihm in seinem Einreisebüro für seine Glaubensbrüder irgendwann die Mittel ausgehen würden, damit hatte keiner gerechnet. Aber der Flüchtlingsstrom hatte sich plötzlich vervielfacht. Alles ging so schnell.

Alle, die halbwegs einen kleinen Etat zur Verfügung hatten und die politischen Strömungen mitverfolgen konnten, planten ihren Wegzug aus Deutschland und schließlich aus Europa.

Aber erstmal hieß es: Weg aus Deutschland.

Frankreich erwies sich innerhalb kurzer Zeit auch als unsicher. Dennoch dieses 'Evian-les-Bains' in Frankreich lag richtig schön am Genfer See. Und diesem Engagement in dem Luxus Schuppen hatte Vater so viele Zufälle zu verdanken, die er beim Wegzug aus Deutschland gar nicht wissen konnte. Für ihn war es erst einmal wichtig, weg aus Deutschland zu kommen und mit seinem Gesang Geld zu verdienen. Von einem ‚Evian Comité‘ hatte er zuvor noch nie etwas gehört.

Nun waren seine Auftritte genau für die Zeit dieses Comités geplant.

Hier sollten Entscheidungen fallen zum Thema: Wohin mit den unerwünschten Juden. Ein Präsident Roosevelt hatte dieses Comité einberufen. 32 Staaten sollten hier entscheiden, in welche Länder diese Menschen geschickt werden sollten. Interessant war es, dass dieser

Gutmensch Roosevelt selbst gar nicht erschien und stattdessen einen 'Myron Taylor' schickte. Und die Vertreter der anderen zahlreichen Staaten hatten alle eine andere Ausrede, weshalb sie verfolgte Flüchtlinge nicht bei sich gebrauchen konnten. Es wurde viel gequasselt und es passierte so gut wie nichts.

An einem grauen Tag versank der Genfer See förmlich unter den tiefen Nebelwolken. 'Evian-les-Bains' war nur mit Fantasie erkennbar. Vater war mit seinem Fahrrad zur Bäckerei - Boulangerie - unterwegs. Er hatte gerade Semmeln für unser Frühstück geholt, als er sie von hinten auf der Straße laufen sah. Sie trug eine pfirsichfarbene Bluse zu einem engen Rock, der ihre schlanken Fesseln betonte. Um ihren Hals hatte sie ein Seidentuch mit einem kunstvollen Knoten seitlich gebunden. Seidig glänzende Haare fielen in großen Wellen geschmeidig auf ihre Schultern, und im ersten Moment dachte Vater, da vorn geht Rita Hayworth. Er hatte gerade den Film *'Charly Chan in Egypt'* gesehen, in dem Rita Hayworth die Hauptrolle spielte. Die muss ich vom Dichten sehen, ging ihm durch den Kopf. Aber es fuhr sich so schwer mit dem Herrenfahrrad mit Mittelschiene auf dem Kopfsteinpflaster. Links am Lenker baumelte die Tasche mit fünf frischen Semmeln. Er hielt sie fest zwischen Faust und Lenkrad und versuchte sein rechtes Bein über den Sattel zu schwingen, was erst beim zweiten Anlauf gelang. Langsam eierte er über das Kopfsteinpflaster und näherte sich seinem Phantombild. Je näher er seinem Phantombild kam, desto weniger konzentrierte er sich auf das Kopfsteinpflaster. Fast auf gleicher Höhe fing der Lenker des Fahrrads an zu zicken. Beim Versuch nach links gegenzulenken, verselbständigte sich der Lenker. Es haute ihn nach rechts gegen die Erhöhung des Fußwegs und warf ihn ab wie ein Gaul seinen Reiter. Vater fluchte mit sich selbst und dem Rest der Welt. Seine Semmeln suchte er zusammen, verstaute je zwei in der rechten und zwei in der linken Hosentasche, die fünfte reinigte er, begutachtete sie von allen Seiten und biss hinein. Sein Lenkrad war schief. Mit der Semmel im Mund, den Vorderreifen zwischen die Beine geklemmt richtete er sein Lenkrad gerade und fuhr weiter. Rita Hayworth war weg.

Comedian Harmonists Fake

Sie sangen eigentlich zu fünft, aber einer fiel ständig aus wegen Husten Schnupfen Heiserkeit. Fünf Sänger und ein Pianist. Er war der Einzige auf den Verlass war. Er fehlte nie. Gehörte auch nicht wirklich zur Sänger Gruppe, sondern war der festangestellte Pianist der Hotelbar.

Um den bekannten Sängern der Comedian Harmonists zu ähneln, wurden alle Mitglieder in einen schwarzen Gehrock gesteckt. Alle trugen in ihrer rechten Brusttasche ein weißes Einstecktuch. Es wurde zu einem Dreieck gefaltet und schaute aus der rechten Brusttasche wie der Mast eines Segelbootes heraus. Die Abendgesellschaft im Hotel kleidete sich grundsätzlich feierlich. Die wenigen Frauen stachen heraus durch ihre Glitzerkleidung und stilvoll frisierten Haarfrisuren. Manche trugen einen Bubikopf. Andere hatten tiefe große Wellen in ihre lange hellgebleichte Mähne gebrannt. Sie sahen nicht aus, wie die Mädels beim deutschen Adolf, die zu dieser Zeit nur noch mit ihren unerotischen Zöpfen daherkamen. Hier in Frankreich trugen die Frauen ihre Attraktivität zur Schau. Manche ließen ihre gewellte Mähne offen auf ihr Dekolletee fallen. Es gab viele Perlenketten, die sich mehrfach um den Hals drehten und es war als gehöre ein Rauch mit Zigarettenspitze zum guten Erscheinungsbild. Der Eindruck entstand, als kam das ganze Dorf Évian zusammen um die gefakten Comedian Harmonists zu erleben.

Als Vater sich unbeobachtet fühlte, seine Staffage zurechtrückte, bückte er sich kurz und hob ein Stück vom hinunterfallenden Vorhang um seinen Schuh glatt zu wienern. Der Bassist, klein und rund gewachsen zupfte seine weiße Fliege unter seinem fleischigen Hals zurecht. Seine Zigarette klemmte noch hinter seinem Ohr, weshalb ihn der Pianist kurz anrempelte und auf sein Ohr zeigte.

Gut aufgestellt reihten sie sich um das Piano herum, wo sie vom Rampenlicht erfasst wurden, nachdem die Lichter des Kronleuchters langsam erloschen waren. Die Zuschauer saßen vorwiegend an kleineren Tischen.

Applaus kam der Gesangsgruppe schon beim ersten Trallalla... entgegen. Man könnte meinen, es handele sich um die echte Gruppe.

Es war nicht Rita, sondern Golda

Rita Hayworth war eine andere.

Zur nächsten Abendgesellschaft fehlte wieder ein Sänger. Vater hatte die nasale Stimmlage für einen erkrankten Sänger aus den 'Comedian Harmonists', genau gesagt kopierten sie die 'Comedian Harmonists' übernommen. Vaters Repertoire war so vielfältig, dass er die meisten Stücke sofort abrufen konnte und ich saß oft stundenlang einsam malend an einem Ecktisch des Wiener Cafés im Hotel Royal und beobachtete durch meine Ponymähne die ankommenden Gäste, die nach dem Kongress des 'Evian Comités zu einem entspannenden Drink eintrafen.

Langweilig. Fast nur hässliche alte Männer in steifen Klamotten betraten das Wiener Café. Unter ihnen fiel eine zierliche dunkelhaarige Frau deutlich auf. Geschätzte Mitte bis Ende dreißig war sie wohl, so wie Vater. Vater trällerte mit den anderen Sängern gerade 'Ein Freund, ein guter Freund'. Sie sangen heute nur zu viert, weil ein Sänger verschnupft war. Vaters Laune hatte sich wieder gebessert. In seiner Rolle als Sänger war Vater eigentlich in seinem Element. Aber diese dunkelhaarige Frau verunsicherte sein übliches Machogehabe. Denn da war sie wieder. Wieder sah er sie nur von hinten, dann seitlich. Jetzt sah er sie genauer, es war nicht Rita Hayworth. Dabei hätte diese Filmschauspielerin doch so gut in dieses Nobelhotel gepasst. Vater behielt sie im Auge, was sie wohl gemerkt hatte. Sie wandte ihren Blick den Sängern zu, wobei sich ihre Zuwendung auf Vater konzentrierte.

Er fiel auf durch seine Größe, mit der er die anderen zwei überragte und wenn er wollte, hatte er eine sympathische Ausstrahlung. Sie sah ihn mit ihren bezaubernden braunen Augen an, die beim genauen Hinsehen ein grünliches Glitzern hatten. Er fühlte sich verlegen und richtete seinen Blick nach unten. Das war ein Zug an ihm, der nur sehr selten zum Vorschein kam.

Sicher wohnt sie hier in diesem noblen Quartier, geht seine Phantasie mit ihm durch, heute Abend, sollte ich sie erblicken, werde ich sie nach ihrem Namen fragen. Trau ich mich überhaupt sie anzusprechen? Muss ich einfach. Was rede ich mit ihr? Wo sie herkommt? Was sie hier macht? Französin? Urlauberin? Vielleicht werde ich nur erzählen. Erzählen, dass ich allein hier bin mit meinem pubertären Sohn. Ich werde ihr erzählen, dass unsere Mutter uns verlassen hat. Oder werde ich sie lieber was fragen? Ich werde sie fragen, ob sie mit mir durch den schönen Park spazieren geht. Sie sieht aus wie Mitte dreißig. Aber nee, Alter fragt man nicht.

"Hast du deinen Text vergessen?", stieß der neben ihm näselnde Sänger ihn an. "Wir singen heute nur zu viert. Da ist es wichtig, dass jeder mitsingt." Er sang weiter. Danach war Pause. Mithilfe seiner Atemübungen, die er als Sänger beherrschte, mandelte er sich auf. Hatte sie frontal im Blick, diese Rita Hayworth, die also eine Andere war. Aber auch toll. Sie lockerte diese verstaubte männerreiche Gesellschaft richtig auf. Ich weiß ja nicht wer sie ist. Aber ich werde es herausbekommen, ging ihm durch den Kopf. Schüchtern wirkt sie jedenfalls nicht, diese Unbekannte, die nicht nur harten Tabak rauchte, nein sie saß da und übertönte auch die grauen Eminenzen neben ihr mit ihrer rauchigen Stimme.

„Wir brauchen hier keine Typen, die nach den Weibern gaffen. Konzentrier dich gefälligst auf deinen Text."

Vater nickt vor sich hin. Gestikuliert dem zweiten Tenor, wie unangenehm ihm der Patzer war, während der dritte in einem kräftigen Timbre einsetzt: „Holarie, holari, holaro ..." sozusagen als Aufforderung für: „Mein kleiner grüner Kaktus" stimmen sich die anderen auch ein. Vater baut sich auf, holt Luft aus dem untersten Lungenflügel und übertönt mit aller Kraft die anderen zwei mit seiner ausgebildeten Tenorstimme zu „mein kleiner grüner Kaktus ..."

Diese Veranstaltung in Évian bot noch insgesamt neun Tage lang ein bizarres Feuerwerk an Verhandlungen, wie Golda ihm später berichtete. Diese Zeit von neuen Tagen musste er nutzen, um an sie ranzukommen.

Die kleine Pause nach dem „Kaktus" nutze Vater, um sich an der Stirnseite des langen Tisches neben sie zu quetschen. In seiner Vorstellung applaudierte sie besonders ihm, wozu sie ihre Zigarettenspitze ablegen musste. „Undezent", aber naja, ein lustiges Schmunzeln ging über ihre Lippen, schob ihm ihre zusammengeknüllte Zigarettenschachtel 'LUCKY STRIKE' hin. Zu gerne hätte er zugegriffen, aber seine Stimme erlaubte das nicht. Die Herren am Tisch ließen es sich gut gehen und der Alkohol floss. Auch Vater wurde ein Cognac nach dem anderen gereicht. Er wurde zunehmend ungehemmter. So gelang es ihm mit der Dame ein Smalltalk zu beginnen, mit: „Were do you come from?"

Unüberhörbar für Golda war sein deutscher Akzent, „aus Milwaukee". In meiner Familie wurde Jiddisch gesprochen. Ich kann deutsch. Es wurde immer lauter und die Konversation wurde von den anderen Männerstimmen übertönt. Zunehmend ungehemmter biss Vaters Blick sich an den stoffüberzogenen kleinen Knöpfen ihrer hellen Bluse fest. Ein Moment, in dem er mich mal wieder ganz vergessen hatte. Ich saß da, gähnte vor mich hin und hoffte, dass die abendliche Vorstellung bald beendet ist. War eingedöst. Als ich wieder zu mir kam, waren alle Leute, die an dem Tisch saßen verschwunden. Vater auch.

Die Männer sangen ohne Vater weiter.

Ich stellte mir vor, wie er ihr aufs Hotelzimmer folgte, um sich an sie heranzumachen. Wie er in seinem Suff alle Knöpfe des Kissenbezugs öffnete im besten Glauben es handele sich um die vielen kleinen Knöpfe ihrer hellen Seidenbluse. Und genauso war es wohl auch. Ich hörte nur noch das Öffnen einer Zimmertür. Vor der Zimmertür stand Vater und hielt seine Schuhe in der Hand. Aus dem Hinterhalt war die Stimme von Golda zu hören:

"Wir reden weiter, wenn Sie nüchtern sind, morgen ist auch noch ein Tag, dann sprechen wir über die Karibikinsel, die gerade Thema im Kongress ist." Danach klappte die die Tür zu. - Meine Phantasie hatte anscheinend gestimmt. Sie hatte ihn rausgeschmissen. Mit Schuhen in der Hand. Meine Frage, "warum trägst du deine Schuhe in der Hand?" beantwortete Vater mir nicht.

Der Portier guckte uns eine Weile fragend nach, als Vater das Hotel in diesem schön angelegten Park mit Blick auf den Genfer See auf Strümpfen verließ.

Ursprünglich nannte sich die Versammlung, die dort stattfand im Jahre 1938 „Evian Comité". Hier wollten die 32 Mitglieder sich zusammensetzten um unsere Glaubensbrüder weltweit aufzuteilen. Genau gesagt, aus Deutschland loszuwerden. Dafür hatten sie sich einen zauberhaften Platz am Genfer See in diesem Evian-les-Bains ausgewählt. Das Hotel Royal, einen Super Luxus Schuppen der schon damals traumhaft gelegen und von sauber angelegten Parkanlagen mit frisierten Bäumen und Blumen umsäumt war. Dies alles umgeben von Wasser auf der einen Seite und einer weiten Berglandschaft auf der anderen Seite, die sich bei Sonnenschein im Genfer See widerspiegelte. Und hier wurde jetzt verhandelt, wurden Leute verschachert wie auf einem Viehmarkt nur mit dem Unterschied, dass sie zur Besichtigung nicht anwesend waren, während die zweiunddreißig Vertreter aus den verschiedenen Ländern über sie bestimmten, wer sie aufnimmt und wer nicht.

Die heuchlerische Zusammenkunft war bedrückend und diese zierliche Golda inmitten dieser Männerdomäne hätte sich zu gerne erhoben um ihrem Herzen Luft zu machen und denen ihre Meinung zu sagen;

"Dazusitzen, in diesem wunderbaren Saal, zuzuhören, wie die Vertreter von 32 Staaten nacheinander aufstanden und erklärten, wie furchtbar gern sie eine größere Zahl Flüchtlinge aufnehmen würden und wie schrecklich leid es ihnen tue, dass sie das leider nicht tun könnten, war eine erschütternde Erfahrung. Ich hatte Lust, aufzustehen und sie alle anzuschreien: Wisst ihr denn nicht, dass diese verdammten Zahlen menschliche Wesen sind."

Die durch die Amis besetzte Dominikanische Republik eröffnete Trujillos Chance schlechthin. Die Amis hatten Trujillo einst in ihre Nationalgarde rekrutiert. Er wurde Brigadegeneral und Chef der Armee der Dominikanischen Republik und stieg sogar vom Leutnant zum General auf.

Und schließlich wurde er im Jahre 1938 also genau zum jetzigen Zeitpunkt vom amerikanischen Präsidenten Roosevelt ins ‚Weiße Haus' eingeladen mit dem Ziel eine große Zahl der deutschen Flüchtlinge bei sich aufzunehmen.

Roosevelt, der seine Wahl gewinnen wollte, konnte keine Einwanderer gebrauchen, die seinen Leuten die Arbeit wegnehmen würden. Da kam ihm dieser Lasalle Trujillo gerade recht. Und dieser dominikanische

Diktator Trujillo, der ein Jahr zuvor über zwanzig tausend Haitianer ermorden ließ erklärte sich schnell bereit zur Aufnahme. Damit wurde ihm das Verbrechen seiner ‚ethnische Säuberung' postwendend verziehen.

Also schickte Roosevelt den Diktator zum Evian Comité.

War es abzusehen, dass die anderen Staaten genauso wenig Lust zur Aufnahme hatten? Die Vertreter der einzelnen Staaten gebärdeten sich jedenfalls derart herablassend gegen eine Aufnahme von Flüchtlingen aus Deutschland, dass man sich fragen musste, weshalb sie überhaupt zu dieser Konferenz an den Genfer See gekommen sind. Liebäugelten sie vielleicht mit ein paar schönen Urlaubstagen an diesem zauberhaften Plätzchen? In diesem Luxus umgeben von sprießender Vegetation der frisierten Sträucher und Bäume fühlten die Menschen sich wohl. Und nicht zu vergessen, das Abendprogramm, das Vater mitgestaltete, sofern er nicht gerade Golda auf den Fersen war.

Ausgerechnet der dominikanische Trujillo zeigte an den weißhäutigen deutschen Flüchtlingen großes Interesse und gab seine Bereitschaft zur Aufnahme kund. In diesem Zusammenhang hatte Golda es also verstanden, zwei Überseepassagen und zwei Einreisegenehmigungen für Vater und mich locker zu machen.

Golda sprach sehr viel mit Vater über die Zusammenkünfte der Vertreter der unterschiedlichen Staaten.

Und Vater erfuhr sehr viel von ihr. Nur selten hörte er den Menschen so interessiert zu wie dieser jungen Frau. Dabei war sie gar nicht mehr so jung wie er glaubte. Trotz ihres Zigarettenkonsums hatte sie sich gut gehalten.

Jedes Mal erregte sie sich aufs Neue und wenn ich sie so schimpfen sah, dachte ich, diese Frau passt von ihrem Temperament her eigentlich am besten zu Vater. Natürlich ergaben sich innerhalb der nächsten Tage noch mehr Möglichkeiten, dieser attraktiven dunkelhaarigen Frau Avancen zu machen. Interessant war es, dass sich ab diesem Zeitpunkt das Verhältnis zwischen Vater und mir veränderte. Es war, als veränderte sich meine Rolle als sein Sohn zu der Rolle eines guten Freundes, dem er sein Herz ausschütten konnte. Ich bekräftigte ihn natürlich darin, dass seine Chancen bei Golda sehr gut stünden. Wir sprachen schon von seiner neuen Errungenschaft, als hätte er sie bereits erobert. Diese Rolle gefiel mir. Wir verstanden uns von Tag zu Tag besser, insbesondere dann, wenn ich ihn in seiner Rolle als Macho bekräftigte.

Am folgenden Abend war sie wieder da, diese dunkelhaarige Frau, die er erst für Rita Hayworth hielt. Sie saß wieder am selben Platz, als hätte sie ihn schon erwartet. "Diesmal nüchtern", bläute ich ihm ein.

Tatsächlich hatte er es geschafft, mit ihr ein Date zu verabreden. Am nächsten Nachmittag hatte er sich sorgfältig seinen Bart rasiert, seinen Oberlippenbart frisiert und sogar seine Zähne geputzt. Lange überlegte er, was er anziehen sollte, dabei gab es kaum Auswahl.

Er stand schon eine halbe Stunde vor dem Hotel, trat von einem Fuß auf den anderen, schaute auf die Uhr. Seine Lippen bewegten sich, als würde er vor sich hin grinsen. Dabei kam ein flüsterndes

„Weeiiber ...",

und wie hieß sie gleich nochmal? Damals hieß sie noch Golda noch irgendwas. Wieso sie deutsch sprach? Jiddisch fiel ihm dann wieder ein ...

Plötzlich stand sie neben ihm. Sie kam aus der anderen Richtung.

Mit leicht verklemmter Heiterkeit brachte er seinen Namen vor. Dabei baute er sich auf, als wolle er sich vor seinem Publikum verneigen.

"Jacob Blumental" stellte er sich förmlich vor.

"ich hatte mich noch gar nicht vorgestellt, ich weiß gar nicht mehr, was wir geredet hatten."

"schöner Name", überging sie lächelnd seine Förmlichkeit. Vater war leicht durcheinander zu bringen und völlig aus der Übung im Umgang mit attraktiven Frauen. Aus diesem Grund hatte er vor Kurzem auch zu tief ins Glas geschaut. Lange war er nicht mehr so angetrunken gewesen wie neulich, als er sich zu ihr an den Tisch drängelte und beide kurze Zeit drauf die Unterhaltung in ihrem Hotelzimmer fortsetzen wollten, weil es im Wiener

Café des Hotels so laut war. Jemand, der ihn nicht kannte, merkte ihm seinen Alkoholpegel nicht sofort an. Kaum aber hatte er ihr Hotelzimmer betreten, begann er zu stottern und nur noch wirres Zeug zu lallen. Als er sich auf ihr Bett platzierte und begann, seine Schuhe auszuziehen, hatte Golda ihn kurzerhand vor die Tür gesetzt, wo ich auf ihn wartete. Er trug seine Schuhe in der Hand. Er zog sie erst wieder an, nachdem ich ihn im Park darauf aufmerksam machte, dass er zwei verschieden farbige Socken trug.

"Wir hatten kaum reden können, weil es im Wiener Café so laut war,"

"Und dann ...?" warf er ein,

"war nichts. - Ihr Name gefällt mir. Bei Blumental denke ich an eine buntbewachsene Blumenwiese, die sich im Tal am Rande eines Bachs ausbreitet."

"Schön interpretiert".

"Als Journalistin muss ich die Dinge farbenfroh beschreiben können."

"Ich heiß Golda", mehr hatte sie ihm nicht verraten.

Ihr lockeres Auftreten verzauberte ihn gänzlich. Jetzt traute er sich mehr zu fragen.

"Woher kommen Sie?"

"Bin Amerikanerin. Meine Familie nannte mich übrigens 'Goldi'".

"Goldi" sein Gesicht wurde immer breiter, seine weiß geputzten Zähne blitzten hervor und er wiederholte

"Goldi, das gefällt mir" machte eine Pause, dann platzte er es raus: "Amerika! - Das ist mein Traum."

"Ich bin Amerikanerin, lebe aber schon lange in Palästina."

Vaters Erstaunen darüber, wieso eine Amerikanerin in Palästina leben konnte war so groß, dass er gar nicht wusste, was er darauf sagen sollte.

"Und sie haben sich abgesetzt aus Deutschland", fuhr sie fort.

"Richtig. Frankreich scheint zunächst sicherer. Aber es ist mein größtes Ziel, nach Amerika zu kommen. Albert Einstein hat dort ein Einwanderungsbüro. Hab schon mal einen Brief an ihn geschrieben. Ist wohl nicht angekommen."

"Momentan hat sich die Situation in Deutschland sehr verhärtet" fügte er noch hinzu.

Sie wechselte das Thema, "da saß ein Knabe hinten am Ecktisch, er sah aus als gehöre er zu Ihnen?"

Erstaunt über ihre Aufmerksamkeit blickt er sie von der Seite an.

"Er sieht Ihnen ähnlich".

"Er wird mal gut aussehen", meinte er stolz.

"Warten Sie jetzt auf ein Kompliment von mir."

"Natürlich nicht. Komplimente machen nur die Herren."

Die beste Möglichkeit, ihr jetzt ein Kompliment zu machen, war wohl verpasst. Sie blickt zum Himmel,

"es sieht aus, als fange es an zu tröpfeln. - Wir verabschieden uns hier. Singen Sie heute Abend wieder?"

Mit seinen fragmentarischen Französischkenntnissen machte Vater sich fachkundig über das tägliche Geschehen des Kongresses der sich 'Evian-Comité' nannte. Sie, diese Golda wurde also von Präsident Roosevelt persönlich als Journalistin zu diesem Kongress einberufen. Schließlich wollte er nicht als Banause vor Goldi, wie er sie ab sofort nannte dastehen. Mit Betroffenheit hatte er sich durch einen kompliziert verfassten Artikel der 'PARIS MATCH' regelrecht durchgefressen. Es wurde ihm immer deutlicher, wie sich die Situation der Verfolgten verschärfte.

Am nächsten Morgen radelte Vater erst spät los. Wir hatten am Abend zuvor noch stundenlang über Goldi und wie er sich ihr annähern könnte gesprochen. Unser Frühstücksbeutel hing wieder an seinem Lenkrad. Er fuhr die Avenue der 'Evian-les-Bains entlang, bog links in die Avenue du Léman am ›Salon de Coiffeure' vorbei, bremste ab und drehte um. Durchs Fenster konnte er beobachten, wie gerade viele Lockenwickler aus langen dunklen Haaren herausgewickelt wurden, die die einzelnen Strähnen wie Korkenzieher nach unten springen ließen. Im Spiegel wurde ihre neue Frisur von allen Seiten gezeigt. Sie gestikulierte ihre Zufriedenheit, ließ den Umhang von dem Friseur vorsichtig abnehmen, lächelte ihn beim Bezahlen an und schob dabei ein kleines Trinkgeld in seine Kitteltasche.
Ein Blick zur Eingangstür überraschte sie.
"Haben Sie mich abgepasst?"

kam ihr spontan in den Sinn, als sie Vater entdeckte, der dastand, als würde er schon eine ganze Weile durch die Scheibe gucken. Er rechtfertigte sich, zeigte den Frühstücksbeutel hoch und lud sie ein zu einem späten Frühstück zu uns zu kommen. In dem Moment hatte er wohl ganz vergessen, in was für einem Verließ wir hausten. Eine Toilette gab es nur im Zwischengeschoss. In der Badewanne zeichnete sich eine braune Spur entlang des tröpfelnden Wasserhahns bis zum Abfluss ab.

Inzwischen hatte Vater sein Fahrrad im Griff. Aufpassen hieß jetzt die Devise. Goldi saß auf der mittleren Fahrradstange und sein Blick richtete sich auf die duftig wehenden Korkenzieherlocken, die er Tage zuvor schon aus der Ferne von hinten erblickte, als seine Phantasie mit ihm durchging, weil er sie für eine Rita Hayworth hielt. Diesmal jedoch warf sein Fahrrad ihn nicht ab, wie ein Gaul seinen Reiter. Und diesmal hatte er sein Fahrrad sogar mit Goldi auf der mittleren Stange sitzend im Griff, bis er mit ihr zuhause in unserem Verließ eintraf.

Während Vater den Kaffee servierte erzählte Goldi mir von ihrem Sohn Menachem, der zwei Jahre älter war als ich, aber einen Kopf kleiner. Sie erzählte von ihrer Tochter Sarah und ihrem Ehemann mit dem sie sich leider auseinandergelebt hatte, der aber für die Kinder da ist. Es war die Musikalität ihrer Familie, die uns dreien für ausreichend Gesprächsstoff sorgte. Goldi und Vater hatten einen Draht zueinander gefunden. Vater war völlig verändert, so galant kannte ich ihn gar nicht. Vor allem so höflich und aufmerksam. Er befand sich in der absoluten Werbungsphase und gebärdete sich wie ein balzender Auerhahn.

"Mein Sohn spielt Cello," und sie fragte mich,

"was für ein Instrument spielst du?"

"Ein bisschen Klavier, aber ich singe. - Gemeinsam mit Vater."

Ich begann von Mutter zu erzählen, dass sie uns immer am Klavier begleitet hatte und ich die Sopranstimmen in den Opernarien übernommen hatte, wenn Vater für eine Aufführung den Tenor geübt hatte. An Vaters Gesichtszügen, die nur ich sehen konnte, erkannte ich, dass es ihm überhaupt nicht gefiel, wenn ich von Mutter sprach und schon gar nicht, wenn ich erwähnte, wie talentiert sie war. Dass sie jetzt mit einem Pianisten zusammenlebte, war ein rotes Tuch für ihn. Und dass sie regelmäßigen Kontakt zu Aron pflegte, wusste er natürlich auch nicht. Aron und Mutter begegneten sich öfter zufällig beim Einkaufen und die Salami hatte es beiden angetan.

Der Geruch von aufgeschnittener Wurst in der Etalage war appetitlich und regte zum Kauf an. Ruth deutet auf die Salami in der Auslage, „aber bitte nur ganz dünne Scheiben und insgesamt 100 Gramm von der Salami",

bemerkt dabei nicht, dass Aron neben ihr wartet, erschrickt:

„Meine kleine Ruth", wie er sie gern nannte, „deine beiden sind bereits in Evian. Willst du nicht doch den beiden folgen?"

Der Verkäufer hinter seiner Theke wird ungeduldig, „ist das alles Frau Blumental?"

Sie nickt, fingert ihr kleines Portemonnaie aus der Einkaufstasche, bezahlt mit der abgezählten Summe und verstaut ihr Salamipäckchen in der Tasche.

„Wir haben Pläne," die Ladentür klingelt beim hinaus gehen „ich warte draußen auf dich."

Aron hatte anscheinend ein paar Kilo abgenommen. Vielleicht war es auch nur die Kleidung, die sein Übergewicht kaschierte. Er freute sich immer so, wenn er Ruth traf und das machte es ihr leicht, seiner Einladung nachhause zu folgen.

Bildete sie es sich ein, oder stand hier auch eine räumliche Veränderung an? Jedenfalls sah es in der Wohnung von Bennis Eltern nach Umbruch aus. Es standen zwar keine Kisten im Raum, aber irgendwie fehlte etwas. Es waren die Accessoires, die Kleinigkeiten, die fehlten die eine persönliche Note verliehen. Klare Linien, die an ein Hotelzimmer erinnern. Bennis Tür stand offen. Er kam Ruth sofort entgegen und erkundigte sich nach seinem Schulfreund Jaques.

„Ich habe auch nichts gehört, hast du ihm mal geschrieben?"

„Ich hatte angefangen, und ... ja mögen Sie ein paar Zeilen dazu schreiben?"

Während Benni seinen Brief zu Ende schrieb, kamen Ruth und Aron ins Gespräch. Es war genauso, wie ihr erster Eindruck erschien. Familie Kirschenbaum plant auch einen Wegzug:

„Ganz im Vertrauen," flüsterte Aron ihr ins Ohr,

„wir planen dieselbe Richtung wie Jacob und Jaques. Und wenn alles gut geht, dann klappt es sogar mit der Schweiz, - aber Schschsch",
in diesem Moment war das Türschloss zu hören. Es war Bennis Mutter.
„Sie will nicht, dass es jemand weiß," und deutete zur Haustür. Damit waren die Kirschenbaums in der Schweiz, wir in Frankreich und Mutter und Miron auf dem Weg nach nirgendwohin. Das war der letzte Stand, der mir bekannt war. Was ich nicht wusste, war, dass sie eine Ausreisegenehmigung mit dem Luxusdampfer „St. Louis" nach Kuba hatten. Kuba war damals in den dreißiger Jahren ein Sündenpfuhl für die puritanischen Amis. Es war als Nutten- und Spielparadies bekannt.
Sie besuchte Bennis Eltern noch öfters und an diesem Abend nutzte die Gelegenheit um einen Brief an Jaques - nämlich an mich - zu schreiben. Benni hatte ihr etwas Platz frei gelassen, damit sie ihre Grüße hinzufügen konnte.
Noch am selben Abend gab Ruth den gemeinsamen Brief persönlich beim Postamt ab. So war es einigermaßen sichergestellt, dass Jaques die Post auch erhält.

Golda hört gespannt zu

"Am liebsten mochte Mutter die Arie der 'Micaela' aus Carmen. Vater sang den Tenor und ich die Sopran-stimme der Micaela."
"Ich liebe diese Arie" warf Goldi ein, "wie heißt die noch gleich," schnipste sie mit den Fingern,
"Je dis que rien ne m'epouvante" wusste Vater aus dem Stehgreif und begann sie zu summen ... bis wir alle drei die Melodie mitsummten.

Das Eis war gebrochen. Der heutige Abend war gerettet. Und an einem anderen Abend durfte Vater sie dann wie-der auf ihr Hotelzimmer begleiten. Und allabendlich, wenn er wieder zuhause war berichtete er ausführlich über sein Liebesleben; die Fantasie ging mit mir durch, mein Pimmel stand zum Himmel, Vater sagte dann nur, 'das ist so in der Pubertät da hilft nur Hand anlegen'. Aber so viel wusste ich bis dahin auch schon. Goldis Tochter Sarah wäre mir in diesen Momenten lieber ge-wesen. Aber die war zuhause in Palästina.

Am nächsten Tag erhielt ich endlich den Brief von Benni, der immer mit denselben Sätzen anfing:

'Lieber Jaques,
wie geht es Dir. Mir geht es gut. Aber ich habe viel lange Weile, seitdem Du nicht mehr hier bist. Es gibt hier nie-manden mehr, der nach der Schule zu mir kommen kann. Sie haben alle was Anderes vor und sind angeblich schon

verabredet. In der Schule sitze ich auch ganz alleine. Nur diese doofe Elfriede ist noch freundlich zu mir. Schade nur, dass sie so doof aussieht. Wenn sie nicht so doof aussehen würde, wäre sie ja ganz nett. Meine Eltern planen auch irgendwas. Sie tuscheln viel. Ich glaub sie wollen auch auswandern.
Viele Grüße von
Deinem Freund Benni

P.S. Deine Mutter besucht uns gerade. Sie will Dir auch noch was sagen.

Mein lieber Jaques,
ich denke jeden Tag an Dich. Ich werde Dich eines Tages zu mir holen, sobald ich eine sichere Basis für uns geschaffen habe. Du weißt Paul Miron plant ein Gastspiel in Amerika und ich werde ihn begleiten. Obwohl er eine Einladung für ein Gastspiel hat, ist es so gut wie unmöglich ein Visum zu erhalten. Alles ist so widersprüchlich. Mein lieber Jaques, ich umarme Dich ganz fest. Ein lieber Gruß, Deine Mutter'

Ich hatte den Brief gut zusammengefaltet. Vater war natürlich wieder furchtbar neugierig, was drinstand.
"Nicht für dich" sagte ich nur, aber er hatte schon gesehen, dass unter P.S. eine Notiz vom Mutter stand.
"Geht draus hervor, wo sie ist?"
"Bei Benni natürlich, sonst hätte sie seinem Brief ja nichts hinzufügen können."
"Richtig! - Und - hat sie schon ein Visum?"

"Für Amerika meinst du?"

"Ja wohl kaum für den Kongo."

"Sie warten noch auf ein Visum. Ich glaub das ist sehr schwer zu bekommen."

"Das heißt, sie will immer noch mit diesem Klavierklimperer nach Amerika. - Da kann sie lange warten."

"Ich denk du willst auch nach Amerika."

Er ging in sich. Schnaufte tief durch und nahm mich in den Arm.

"Wir müssen da jetzt irgendwie durch. Immerhin sind wir schon mal in Frankreich, das ist besser als in Deutschland."

"Das stimmt. Benni sagt, dass sich niemand mehr mit ihm verabredet. In der Schule sitzt er ganz allein."

"Oh, da fällt mir ein, ich muss dich auch in der Schule anmelden, sobald die Ferien vorbei sind."

"Sag mal, diese Golda oder Goldi, wie du sagst, warum sind ihre Kinder nicht dabei. Ist sie auch abgehauen, so wie Mutter?" Obwohl, dachte ich, sie ist gar nicht abgehauen. Sie blieb während unserer Wanderung einfach nur stehen.

"Abgehauen ist sie sicher nicht. Sie ist ja beruflich hier. Sie wurde einberufen zu dieser Konferenz hier - Von Roosevelt persönlich."

"Von welchem Roosevelt?"

"Das ist der Präsident der Vereinigten Staaten. Du hast wirklich lange in der Schule gefehlt mein Lieber."

"Aber sie hat gesagt, sie kommt aus Tel Aviv und da wohnen auch ihre Kinder."

"Das ist eine lange Geschichte."

Evian Golda

Am nächsten Abend verschwand Vater gleich nach der Vorstellung zu Golda auf ihr Zimmer.

Sie war ziemlich geladen.

"Ich wurde zu einer internationalen Konferenz für Flüchtlingsfragen entsandt, die von Franklin D. Roosevelt nach Evian-les-Bains einberufen worden war."

Diesmal lümmelte Vater bequem auf ihrem Bett und hörte ihren Ausbrüchen aufmerksam zu.

"Ich nehme daran teil in der lachhaften Eigenschaft als 'jüdische Botschafterin aus Palästina und sitze noch nicht einmal bei den Delegierten, sondern bei den Zuhörern, obwohl die Flüchtlinge, über die diskutiert wird, meine eigenen Landsleute sind!"

Vaters Betroffenheit war deutlich. Er rückte sich zurecht und nahm mehr Haltung an. Außer einem

"Ich auch, ich meine ich bin auch auf der Flucht," wusste er vor Entsetzen nicht so viel zu sagen, als auf seine mitgebrachte Flasche Cognac zu zeigen:

"Ich glaub, das würde dir jetzt guttun".

"Ich trink keinen Schnaps".

Sie holte eine Zigarette aus ihrer 'LUCKY STRIKE' Packung, zündete sie an, diesmal ohne Zigarettenspitze. Das Gefummel mit einer Zigarettenspitze dauerte ihr viel zu lang.

"Das ist ein REMY MARTIN der beste Cognac in Frankreich", er hielt ihr das Glas unter die Nase und sie erkannte, dass es wirklich kein Schnaps war.

"Du kennst nur Schlitz Bier aus Amerika."

Langsam hatte Golda sich beruhigt. Der Cognac tat ihr gut. Sie legte sich neben Vater. Ihre Gesichtszüge hatten sich entspannt.

Sie breitete ihre Arme aus und schien in diesem Moment ausgeglichen. Langsam neigte sie sich zu ihm,

"du bist so zugeknöpft". Vater konnte es gar nicht glauben, aber sie fuhr ihm so behutsam mit den Fingerspitzen über seine behaarte Brust, dass er einfach nur dalag und seine Augen geschlossen hielt.

Er ließ mit sich geschehen, als er ihren rauchigen Atem verspürte und ehe er wahrnahm was passierte ging alles wie von selbst.

Ihr warmer Körper umhüllte den seinen und ohne jede Vorbereitung fingerte sie ihn in sich hinein. Vater hatte eine lange Zeit der Enthaltsamkeit hinter sich. Allein die Berührung führte dazu, dass alles schon zu Ende war, bevor es begonnen hatte.

'Nicht zu viel vom REMY', sagte ihm seine innere Stimme. 'nur bei entsprechender Nüchternheit, bäumt er sich schnell wieder auf'.

Golda spricht mit Trujillo

Golda spricht mit Trujillo
Am nächsten Morgen musste Golda wieder früh raus. Ihr Gähnen versteckte sie hinter einem dicken Schreibblock. Fast wäre sie eingeschlafen. Ihre Uhr zeigte 8:00 Uhr morgens. Aber dann meldete sich ein ‚Trujillo' zu Wort und sie wurde hellhörig. Er trug ein weißes Hemd mit Stehkragen unter der engen Weste, aus der das goldene Band der Taschenuhr hervorblitzte. Seine Kleidung schien der übrigen Gesellschaft angepasst. Auf seiner Heimatinsel fiel er auf durch auffällige bunte Kleider. Sein Land sei bereit, eine Vielzahl von Flüchtlingen bei sich aufzunehmen, verkündete er in seinem Pidgin-Englisch.

Eine Pause der Verhandlung nutzte Golda, um mit Trujillo in Kontakt zu kommen. Vom weiten sah er gar nicht so unsympathisch aus mit seinem Oberlippenbärtchen. Sie hatte gerade vernommen, dass er von der Insel ‚Hispaniola' geschickt wurde. Erst später erfuhr sie, dass der Ministerpräsident seinen Bruder zur Konferenz geschickt hatte. Er sah ihm zum Verwechseln ähnlich und sie hielt ihn für den Raphael Trujillo.

Jaques ging ihr nicht aus dem Kopf. Jaques fühlte sich unsicher in Europa. Wollte zwar in die USA, aber das war ihrer Ansicht nach aussichtslos. Nach all dem was diese Mitglieder des Komites von sich gaben, war anscheinend niemand interessiert, überhaupt auch nur einen Flüchtling bei sich aufzunehmen. Sie nutzte die Gelegenheit, ihre filterlose Zigarette klemmte bereits zwischen ihren Fingern um ihn nach Feuer zu bitten, als er dabei war sich ein Zigarillo aus seinem Etui herausfingerte. Fast Gentlemen like zündete er ihr eine große Flamme entgegen. Sie machten gerade eine Kaffeepause und sie nutzte die Gelegenheit, den Platz ihm gegenübersitzend einzunehmen. So konnte sie ihm direkt in seine runden Augen schauen.

„Sie planen Menschen bei sich aufzunehmen, Mr. Trujillo" fing sie unvermittelt an in ihrem fließenden englisch, das zu ihrer Muttersprache geworden ist. Sie war im Vorschulalter bereits mit ihren Eltern in die USA eingewandert.

„Wir planen eine große Zahl in unserem Land aufzunehmen. Sie müssen wissen, Hispaniola ist zwar eine Insel aber viel größer als die anderen ‚Kleinen Antillen'. Und Dank Amerika sind wir sehr fortschrittlich,"

formuliert er in seinem Pidgin-Englisch. Dabei baut er sich erhaben dieser freundlich aufgeschlossenen Frau gegenüber auf. Sein Kopf erhebt sich über seinem geradegerückten Brustkorb. Gedanken wie, „aha, also doch eine Insel. - Dir muss ich zuhören, damit du wichtig genug bist," gehen ihr durch den Kopf. Bei einem kräftigen Zug bildet sich eine rote Glut an ihrer Zigarettenspitze ab. Dabei entsteht der Anschein, dass der Rauch bis zum untersten Lungenflügel gelangt ist. Ohne Punkt und ohne Komma fährt er fort, „die United Fruit Company hat uns im Norden der Insel Land zum Kauf angeboten. Da haben wir sofort zugegriffen. Schließlich muss man diesen Menschen, die auf der Flucht sind doch helfen."

„Das ist sehr anerkennenswert", die Antwort fällt ihr schwer. Sie hatte schon vorher davon gehört, dass Trujillo diese Bananenplantage für ein Taschengeld von der Companie erworben hat. Aber ihr Hintergedanke war es, herauszubekommen, wie die zukünftigen Einwanderer zu einem Visum kommen würden.

„Haben Sie bestimmte Pläne?" Ihre Anteilnahme schmeichelte ihm. Nun hinterfragte er sogar, was sie denn mit Plänen meine.

„Pläne?"

„Dachten Sie an Familien mit Kindern?"

Seine Mimik reagierte prompt. Sein Hals schwoll an bei der Frage. Das war eindeutig daneben. Genau das wollte er nicht. Er wollte die dunkle Rasse aufhellen mit den weißen Männern. Genauer gesagt mit zeugungsfähigen weißen Männern. Aber das traute sich selbst dieser Trujillo nicht zu verbalisieren.

„Wir brauchen junge Männer. Männer die das Land bestellen können. Männer, die diese Bananenplantage in ein fruchtbares Land verwandeln können. - Genügt Ihnen das? - Und Frauen gibt es bei uns genug. Viele hübsche junge Frauen. Wissen Sie, die weißen Männer aus Europa sind sehr begehrt in unserem Land."

Golda drückte an ihrer Zigarette, die längst aus war, als wollte die den Aschenbecher zerkleinern. So ein Knallkopf. Aber sie beherrschte sich und es gelang ihr ein freundliches Lächeln beizubehalten.

„Das bedeutet," - im Hinterkopf hatte sie Jacob und Jaques - „junge Männer, die anpacken können, hätten eine Chance zu Ihnen zu kommen."

„Genauso ist es."

Jetzt kam sie endlich ihrer Kernfrage näher: Wer entscheidet und wie kommen diese jungen Männer an die Einreisegenehmigung, ging ihr durch den Kopf.

„Ich kenne zwei starke junge Männer, ich denke die würden für Ihre Insel infrage kommen. Die Frage ist nur, wie läuft das mit der Einreise nach Hispaniola bzw. in ‚ihre Dominikanische Republik'."

Es war ihm deutlich anzusehen, wie er sich gebauchpinselt fühlte und man konnte ihm seine Gedanken förmlich ablesen: Das ‚ihre Dominikanische Republik' schien ihm besonders gefallen zu haben. Sie ist immerhin eine Amerikanerin. Lebt zwar zurzeit in Palästina. Aber Amerika ist für diesen kleinen Inselminister in Vertretung so viel wie Roosevelt. Und Golda war schließlich eine Abgesandte Journalisten von Roosevelt.

Zurück im Konferenzraum durchforschte sie die Teilnehmerliste. Dieser Trujillo. Interessant. Beim genauen Hinsehen der Liste mit der Überschrift ‚... Évian im Juli 1938 ...' aller Beteiligten stutzte sie. Mit dem Zeigefinger fuhr sie allen Namen der Länder ab, landete bei Dom Rep und fand schließlich Virgilio Trujillo in Vertretung seines Bruders Rafael Trujillo.

Der Typ mit dem sie gerade sprach war also nur der Bruder. Mist. Egal, sie würde es wieder probieren. Musste mehr über Jacob erfahren. So wurden Jacob und Jaques zu ihrem zweiten Projekt bei dieser Konferenz.

Dialog am Genfer See

Am folgenden Abend war der Himmel sternenklar. Jacob und Golda träumten vor sich hin. Wellen plätscherten leicht am Seeufer. Es roch nach Wasser. Aus dem Gebüsch war ein leises Rascheln zu vernehmen.

Jacob neben sich zu spüren verlieh ihr ein Gefühl von Wohlbehagen. Die existentielle Sorge um Jacob beschäftigte sie pausenlos. Sie ließ ihren Gedanken freien Lauf und flüchtete dabei gern in die Fantasiewelt der Mythen:

„In der Tiefe unserer Seele leuchtet was unheimlich Lebendiges. Der Mensch hat von Anfang an den Schutz in magischen Bildern gesucht. Und diese Bilder befinden sich in der Tiefe unserer Seele. Im Unbewussten ... und diese Bilder findest du in den Mythen. Sie verkörpern den Archetypus unseres Unbewussten. Interessant dabei ist es doch, dass diese Bilder an einen Platz außerhalb unserer Seele platziert wurden."

Seine Mimik verrät, dass er nicht ganz folgen kann. Beide haben ihren Blick dem Sternenhimmel zugewandt, als säßen sie auf einem Stuhl beim Zahnarzt.

„Kreierte Bilder? Außerhalb unserer Seele? Du denkst laut, aber ich kann dir nicht folgen."

„Da oben haben sie sich versammelt," fährt sie fort „unsere Götter. Entstanden aus dem Chaos."

„Genau ... dann kamen Gaia die Erde und Uranos der Himmelsgott,"

„Aber jetzt sind wir wieder zurück im ‚Chaos'" macht sich lustig über sie,

„die Mythen sind dein Steckenpferd. Wo ist er denn der Uranos? Kannst du ihn sehen?"

„Den kann man doch nicht sehen - ich meine mit dem bloßen Auge."

„Erzähl mir mehr,"

„Ein anderes Mal," fährt fort,

„ich bin täglich in dieser Konferenz, wo Menschen verschachert werden."

„Verschachert?"

„Was anderes fällt mir dazu im Moment nicht ein. Deshalb gleite ich gern mal ab in meine Phantasiewelt der Mythen. - Es lässt sich so vieles erklären, wenn man sich die Welt der Götter und Geister genauer betrachtet. Alles ist von Menschen gemacht und erfunden. Man braucht sich nur den Himmel anzuschauen. Da findet man sie alle aufgereiht. Unsere Mythen und Dämonen. Aber ich wiederhole mich."

„Macht nichts, der Mensch hat schon immer den Schutz in kräftigen Bildern gesucht. In den Märchen, die ich meinem kleinen Jaques früher vorgelesen habe, sind sie genauso vertreten, diese Dämonen."

„Ob Märchen oder Mythen. Sie sind überall hineingearbeitet worden. C. G. Jung führte diese identischen Gedankengänge auf ein ‚kollektives Unbewusstes' zurück, dass in jedem Menschen vorhanden ist. Es handelt sich um archaische Strukturen, egal welcher Ethnie sie entstammen. Muster und Symbole ähneln sich in den verschiedenen Mythologien."

„Und wenn man sie fortschickt ins Universum - ich meine die Dämonen -, dann zähmen sie unser Unbewusstes da oben, und man kann so tun, als hätte es nix mit uns zu tun."

„Der Mensch unterliegt der Gesetzmäßigkeit der Biologie, und Biologie ist Natur, und Natur ist ein Teil des Ganzen, also Himmel und Erde, in Folge dessen gehört das da oben auch dazu." macht eine kurze Pause und fügt hinzu
„habe ich mal irgendwo gelesen. Aber wir sind hier. Hier am Genfer See und befinden uns nicht in einem außerirdischen Raum! Für uns wird es auch hier in Frankreich immer schwieriger werden."
Golda stimmt Jacob zu. An nichts anderes denkt sie die ganze Zeit. Die philosophischen Gedanken dienen eigentlich nur als Ablenkungsmanöver. Im Hinterkopf hat sie sich bereits auf den dominikanischen kleinen Wichtigtuer eingestellt. Es gibt ein gemeinsames Thema. Sie kennt den Präsidenten der Vereinigten Staaten, und er, dieser kleine Bruder des Diktators Trujillo kennt den Präsidenten der Vereinigten Staaten auch. Immerhin ist nach ihrem ersten Anlauf der Blickkontakt zu ihm konstant. Dann unterbricht er ihren Gedankengang.
„Den Neptun und den Pluto haben wir ganz vergessen."
„Du hast sie dir aber gut gemerkt."
Beim Aufzählen nimmt er seine neun Finger zur Hilfe, beginnend mit dem rechten Zeigefinger,
„mein Vater erklärt mir jeden Samstag unsere neun Planeten (*Merkur, Venus, Erde, Mars, Jupiter, Saturn, Uranus, Neptun,*

Pluto). Mit diesem Zauberspruch konnte ich sie mir plötzlich alle merken. Neun Planeten. Neun Tage Évian. Ob das ein Zufall ist?"

„Neun Tage Évian-les-Bains. Kein Zufall. Vielmehr: Fällt (uns) zu. Ich mach mich stark für dich."

„Ich denk, uns will keiner haben. Alle haben eine andere Ausrede, warum sie uns nicht haben wollen."

Genau, denkt sie sich, dieser Roosevelt von den Vereinigten Staaten kann auch keine Juden gebrauchen, deshalb hat er diesen Vertreter aus der Dominikanischen Republik geschickt.

Dieser Abend endet in einer langen philosophischen Debatte, wobei Jacob Golda gern zuhört und sie mit Fragen löchert wie, wozu braucht der Mensch die Mythen? Um seine Grausamkeit dahin abzulenken? Geht es nur um Macht? Ist es der Beutetrieb, der den Menschen seit Urzeiten plagt?

Nur noch wenige Tage im Comité

Neben drei ausgerauchten filterlosen Zigaretten drückte Golda die vierte Chesterfield aus. Hier gab es ihre Marke anscheinend nicht zu kaufen. Mit einem breiten Lächeln über seinem Gesicht gesellte sich Trujillo wie selbstverständlich zu ihr an den Tisch. Die Kaffeepause war ein Segen für Golda. Sie war sich sicher, dass dieser kleine Macho auf sie ansprang. Und genauso war es auch. Was sie als Journalistin in Évian berichte, wollte er von ihr wissen, wobei sie die Gelegenheit nutzte, ihm vom britisch verwalteten Palästina in dem sie lebt zu erzählen. Anscheinend wusste er genau, wo das liegt, und das Leben in Tel Aviv interessierte ihn besonders, worüber sie sich wunderte. Sogar von der Gewerkschaft ‚Histadrut' für die sie arbeitet, hatte er schon gehört. Mindestens tat er so. Und sie erzählte weiter. Sie erzählte ihm von ihrer Flucht. Erzählte ihm, wie sie als Kleinkind mit ihren Eltern aus Minsk in die Vereinigten Staaten nach Milwaukee flüchtete. Von ihrer Schwester, die in intellektuellen Kreisen verkehrte, wo sie auch ihren Mann kennenlernte. - Jetzt bemerkte sie wie sich sein Gesichtsausdruck veränderte. Konzentrierter wurde. Seine zusammengekniffenen Augen und die immer tiefer werdende Stirnfalte bewegte sie dazu, sich kurz und bündig zu fassen:

„Ich bin Amerikanerin und Roosevelt, der das Comité einberufen hat, bat mich als Journalistin für Palästina teilzunehmen."

Das hatte er jetzt alles verstanden. Es war seinen entspannten Gesichtszügen zu entnehmen. Sie fuhr fort, „er hat dieses Comité persönlich einberufen und mich als Referentin zu diesem Comité eingeladen," und denkt sich dabei, doppelt hält besser.

Aus dem Zusammenhang gerissen, erzählte er ihr, mit seinem Bruder telegraphiert zu haben. Dieser hätte ihm geantwortet und wolle jetzt wissen, um was für junge Männer es sich handele. Wie alt und wie kräftig sie wären.

„Sie haben mir von zwei jungen Männern berichtet, die in unser Land kommen möchten,"

Darauf war sie jetzt gar nicht vorbereitet. Was wollte er denn wissen?

„Ja. Immer noch. Selbstverständlich."

„Und was können diese Männer?"

„Singen", und lachte ihn spontan ein.

„Wir brauchen Männer, die das Feld bestellen, die anpacken können, wie alt sind die Männer?"

Und welche, die zeugungsfähig sind, wollte er wohl noch sagen. Ob Jacob anpacken kann ist fraglich. Und Jaques? Keine Ahnung.

„Aber selbstverständlich. Der eine ist Ende dreißig und der andere ist ungefähr siebzehn."

Wie siebzehn sah Jaques wirklich nicht aus. Aber er war groß. Und dieser kleine Trujillo hatte sicher keine Ahnung vom Alter der jungen deutschen Männer.

Beim nächsten Besuch im Wiener Café machte Golda die ihre beiden Männer mit Trujillo bekannt und die Begegnung lief problemloser als sie es sich je hätte vorstellen können. Jacob hatte wieder seine charmanteste Platte aufgelegt und Jaques nickte verständlich, sagte Gott sei Dank so gut wie gar nichts, außer ein grummeliges mm. Seine helle Knabenstimme hätte locker sein Alter von fast dreizehn verraten können.

Es ist der Beutetrieb

„Nicht nur die Mythen. Auch die Märchen. Genauso grausam."

„Wozu braucht der Mensch das?"

„Füttere deine Dämonen. Dann sind sie still. In der Mythologie werden die Dämonen mit Grausamkeiten gefüttert. Genauso in den Märchen".

Er schlürft über den Fußweg. Wird zunehmend langsamer. Bleibt stehen. Stützt seinen rechten Ellenbogen auf den linken angewinkelten Arm. Seine Hände fingern um den Mund herum, während die Gedanken aus seinem Bauch heraussprudeln:

„Es ist der Beutetrieb. Der gehört zu den Urinstinkten der Menschheit. W a r u m werden Kriege geführt. Es geht um M a c h t und um nichts sonst. Der Jacht und Beutetrieb gehört zu den Urinstinkten der Menschheit."

„Was will dieser deutsche Diktator eigentlich."

„Seine Söldner marschieren nach einem Marschlied: ‚Heute gehört und Deutschland und morgen die ganze Welt'. Dabei handelt es sich um die intelligentesten Köpfe. Keiner glaubt da so richtig dran."

Langsam trabt er neben ihr weiter:

„Sie glauben, dieser Diktator schafft es nicht. Mein Inneres wehrt sich, seinen Namen auszusprechen."

„Wen meinst du mit: Sie glauben."

„Die Intelligenz glaubt nicht wirklich an die ganzen Vorhaben. Warum schafften sie es nicht, sich zu wehren?"

„Ich denke, wirft sie ein, „die Intelligenz und der Instinkt sind zwei Paar Schuhe. Die Intelligenz ist in den höchsten Rängen hoch dekoriert. Da herrscht die Macht, von der der Mensch nicht loslässt. Und da sind wir wieder beim Urinstinkt. Etwas Archaisches im Menschen drin."

„Ich habe viel darüber gelesen. In Amerika ist die Literatur dem Menschen zugänglich. In Deutschland ist so gut wie alles verboten, wenn es um differenzierte Gedankengänge geht. Viele intelligente Menschen seien nach Amerika ausgewandert."

Sie erzählte über den bedeutenden Einfluss ihrer Schwester. Über die Mythologie, die ihr in diesen Kreisen nahegebracht wurde und in Jacob hatte sie einen interessierten Zuhörer, als sie sich über den Trieb nach Macht weiter ausließ. Und die Macht geht mit meistens mit Belohnung einher. Dieser Instinkt ist tief im Menschen verwurzelt. Er waltet losgelöst von Psyche und Intelligenz in allen Zellen unseres biologischen Daseins. In jedem von uns. Der Ursprung des Menschen - wann immer das war - ist geprägt von einem kollektiven Unbewussten. Dieses kollektive Unbewusste ist bei jedem Menschen gleich, egal welcher Ethnie er entstammt. Namenhafte Psychologen haben es anhand ihrer Studien nachgewiesen. Jeder Mensch verfügt über diese unbewusste Macht. - Aber man kann ihr begegnen, dieser Macht.

Der Mensch hätte sich selbst analysieren müssen. Aber das wurde nirgends gern gesehen. Vielmehr wurde vorgegeben, was der Mensch zu denken hatte. Ein instinktives Gefühl für Geschehnisse um uns herum ist nicht gefragt. Der Mensch will nicht wahrhaben, dass er ein Teil der Natur ist.

Der klare Sternenhimmel hatte sich gedreht. Der Mond war aus der Hotelperspektive nicht mehr sichtbar. Sie hatten sich für die Hotelbar entschieden. Gewisse Dinge liefen ohne verbale Kommunikation. Jeder fühlte was der andere mag. Alles passte. Gefüllte Gläser mit eisgekühltem Inhalt hinterließen beim Schwenken einen Rand, der auf einen hochprozentigen Inhalt deuteten. Sie gestikulierte ein zuprosten.

„Heute wird nicht gesungen?"

„Ne. Sonst säße ich nicht hier neben dir an der Bar," dabei lümmelte am Tresen und ließ seinen Gedanken freien Lauf. Das Vertrauen zwischen den beiden war regelrecht zu spüren. Immer mehr traute er sich ihr gegenüber zu, seine Augen blickten durch zusammengekniffenen Sehschlitze, während sie ihm den Rauch ins Gesicht blies:

„Du hast zwei Kinder in Palästina, du müsstest jetzt eigentlich bei ihnen sein, so sagt es die Biologie?"

„Ja, aber dann habe ich auch noch einen Kopf und engagiere mich gern ... in der Weltpolitik. Der Vater kümmert sich um meine Kinder." -

„Und dein Sohn Jaques ist bei dir. Wieso nicht bei seiner Mutter?"

Sie war geschickt darin, den Fokus auf Jacob zu wenden.

„Wo ist die Mutter von deinem Sohn? - Wie heißt sie eigentlich?"

„Ruth. Sie ist ihrem Bauchgefühl nachgelaufen. Diesem blöden Miron. So richtig kapiert habe ich das nicht mit diesem Klavierklimperer. Sie war seine Schülerin. Aber da gab es noch andere Schülerinnen. - Er betätschelte alle seine Schülerinnen.

„Woher willst du das wissen?"
„Was!"
„Dass er alle betätschelt hat!"
„Es war so!"
„Sensibles Thema?"

Er wechselt das Thema.
„Hier merkt man nichts. Aber eines ist klar, auch aus Frankreich müssen wir bald wieder weg. Deutschlands Truppe ist auch schnell hier."
„So sehe ich das auch."
Sie erzählte ihm vom Kongress und den unmöglichen Umständen, die dort herrschen. Erzählte ihm von ihrem Unverständnis darüber, was die Vertreter der einzelnen Länder in Évian überhaupt zu suchen hätten. Niemand hätte die Intention, Juden bei sich aufzunehmen. Sie argumentieren mit eigenen Problemen, die sich durch die Aufnahme deutscher oder österreichischer Flüchtlinge verschlimmern würde. Soll das einer verstehen. Ich habe keines der Argumente verstanden. Sie sind einfach herzlos. Finde keine Worte. Und dann redeten sie wieder über diesen Trujillo aus der Dominikanischen Republik. und meinte, den werde ich mir noch mal vorknüpfen.

„Wo ist das überhaupt. Ich wollte nicht fragen als er dabei war. Ging ja auch alles so schnell."

Sie klärte ihn über die Lage der Insel Hispaniola auf. Sie drückte ihre bis zu den Fingern runtergerauchte Zigarette vor sich aus. Dann nahm sie ihre flache rechte Hand und legte sie auf die Oberfläche des Tresens,

„hier rechts ist Europa, und hier links vom Atlantik ist Amerika", gestikulierte mit der linken flachen Hand,

„und wenn du ein Stück weiter nach unten gehst, dann kommst du zu der Insel Hispaniola; die liegt in der Karibik.

„Und wer ist mit dieser Trujillo, den du uns neulich vorgestellt hattest?"

„Der hatte positives zur Aufnahme von Flüchtlingen signalisiert."

Es schien als könnte Jacob mit dieser Information nicht so richtig was anfangen und ein Wort ergab das andere. Sie erzählte ihm von ihrer Arbeit als 'National Secretary' für die Pioneer Woman in den Vereinigten Staaten, für die sie nach dem Kongress unterwegs war. Sie hatte einen Posten bei der 'Histatrut' und war zuständig für die 'Übertragung sozialistischer Prinzipien in das tägliche Leben.'

„Wenn der Kongress beendet ist, werde ich nach New York mit dem Schiff fahren, ich glaub dieser Trujillo Bruder fährt in die Richtung."

Bei New York quollen Jacob die Augen über. Es geht aber nur an New York vorbei. Das wäre für dich ein Umsteigepunkt. Nix mit Visum.

- TEIL 4 -

Überseepassage Vater und Jaques

Oft erzählte Vater noch von Golda und bekam dabei ganz glänzende Augen.

Mit unserer Passage wurden wir von einem Diktator zum anderen Diktator verschachert. In erster Linie waren Männer willkommen. Ich war groß geraten, in der Pubertät und musste wie ein junger Erwachsener wirken, was mir gut gefiel, denn Kinder wollten sie dort auch nicht haben. Wenngleich Vater ein anderes Ziel hatte, stand fest, dieser „Trujillo" machte ein Angebot und so kamen wir auf diese Karibikinsel.

Die Überseepassage war an die Bedingung geknüpft, dass Vater in der ersten Klasse singen musste. Scheußliche Lieder von Zarah Leander. So tief habe ich seine Stimme früher nie erlebt. Er hasste das Timbre mit dem er „Ich weiß es wird einmal ein Wunder geschehn" imitieren musste und war froh, als die ganze Veranstaltung abgesagt werden musste wegen Orkanstärke auf dem Atlantik.
Die Passagiere der ersten und zweiten Klasse sind beim Einschiffen. Die Schlange wird kürzer. Ich hinkte ungeduldig von einem Bein auf das andere während mein Vater die Tickets zusammensuchte. Ein Windstoß wehte

Vater den Hut vom Kopf. Ich (Jaques) rannte hinterher, bekam ihn kurz bevor er ins Wasser wehen wollte zufassen.

Mit lautem Tuten und Ruß aus den Schornsteinen legte das Schiff ab. Die letzten Seile wurden abgewickelt. Vater und Sohn waren vom Pier aus an der Reling zu sehen. Es schien, als würden ihre Gesichter immer länger werden.

Vom weiten war ein aus der Ziehharmonika abgequetschtes „Muss i denn muss i denn zum Städtele hinaus" zu hören.

Abgelegt hatten wir in Cherbourg. Der Dampfer kam aus schon aus Bremen. Schon nach kurzer Zeit war die See so stürmisch, dass überall Seile gespannt wurden. Nachts lag Vater immer wach. Ich wurde geblendet von seiner Funzel, mit der er las. Immerzu vertiefte er sich in seinen Spinoza. Er war wach und ich musste kotzen. Es war, als würde diese Fahrt nie mehr Enden, ich hangelte mich hoch an Deck, aber die frische Luft beruhigte meinen Magen genauso wenig.

Wenn ich meinen Vater so ansah, kam es mir vor als versteckten sich seine Augen direkt neben der Nase dicht beieinander hinter einer runden Brille, die grundsätzlich auf seinen hohen ausgeprägten Nasenhügel rutschte.

Zum Singen nahm er seine Gläser ab, wodurch er ganz passabel erschien, sofern sein Schnurrbart gepflegt war.

Die ewige Verfolgung, die Trennung von Mutter, all das machte ihn mürbe. Vor meinem Stimmbruch habe ich die weiblichen Rollen übernommen, wenn er seine Arien zum Vorsingen probte. Die Arie der 'Michaela' aus Carmen konnten wir besonders gut. Mutter begleitete uns am Flügel. Sie konnte schön spielen. Ich mochte ihre Kaffeehausmusik, wenn ihre Finger in einer rasenden Geschwindigkeit über die Tasten glitten, als bewege sich eine Automatik. Hin und wieder glaubte Vater sie mit seiner alten Fiedel begleiten zu müssen, mit der er dann so entsetzlich da neben griff, dass aus der Harmonie ein grausiges Ohrensausen wurde.
Mutter fehlte uns. Wir wären auch gern nach USA übergesiedelt. Schließlich hatten sich in USA die Berühmten, die Reichen, die Banker, und was nicht noch alles angesiedelt. Selbst Roosevelt war doch einer unserer Glaubensbrüder. Warum der uns nicht aufnehmen wollte machte Vater wütend, dabei war es ein Segen, dass Golda ihm und mir die beiden Visa in die Dominikanische Republik zum Trujillo besorgt hatte. In unseren deutschen Pässen befand sich noch kein Vermerk mit einem "J", sodass es möglich war, dass Vater die allabendliche Gesangseinlage bekam. Trotzdem glaubte Vater immer noch an ein Visum von der Einwanderungsbehörde am

Hafen von New York. Umso schlimmer empfand er es nach der Ablehnung, dass der große Retter Roosevelt uns an einen Trujillo verhökert hatte. Zu diesem Zweck hatte er die Bananenplantage Chiquita von 'FRUIT OF THE LOOM' zu einem Dumpingpreis an Trujillo verkauft, damit die deutschen Einwanderer dort ihre Kibbuz Siedlung starten konnten.

Zurück zu unserer Überfahrt. Eines Abends fing er wieder davon an. Vater war ausgeflippt. Mutter konnte sich hineindenken. Sie wusste sofort, an welcher Stelle sie mit ihrem Piano einsetzen musste, damit Vater und ich nicht aus dem Takt kamen. Aber dieser Barpianist verstand das wohl anders. Vater hatte sich auch an diesem Abend wieder mit ihm angelegt. Nachts kramte er dann seinen Spinoza hervor und versuchte, seinen sublimierten Frust an mir auszulassen:
"Warum sie sich mit dem Miron nach New York abgesetzt hat," fluchte er jetzt laut vor sich hin.
Aber woher wusste der Alte das eigentlich? Bis er sich irgendwann mal geoutet hatte, weil meine Fragerei ihm auf den Geist ging.
"Woher wusstest du das?"
„Aufgesucht hatte ich ihn," gestand er mir und dabei löste er seine Hände vom Kopf und ballte sie zu Fäusten neben sich, "diesen Klavierspieler! Nach meinem Sturmgeläute als niemand öffnete, ging die Tür von innen auf.

Jemand kam raus und ich rein. Hatte oben dann mit bei-den Fäusten gegen die Wohnungstür getrommelt."

„Wieder niemand da?"

„Niemand. Aber die Nachbarin. ‚Jetzt lassen Sie's mal gut sein.' Herr Miron ist abgereist. Mit seiner hübschen Braut, fügte sie dann noch hinzu."

„Die hübsche Braut war also Mutter".

„Sind ausgereist … in die USA, glaube ich".

"Herr Miron hat für sich und seine Braut ein Visum be-kommen - oder war es nur ein Engagement? So genau weiß ich das nicht mehr.

Diese Nachbarin von Mutters Liebhaber Paul Miron schilderte ihre Beobachtungen so genau, dass ich ge-glaubt hatte, sie hatte den ganzen Tag hinter ihrer Tür gestanden und gelauscht. "

"Ja genauso ist es damals abgelaufen. Jetzt weißt du al-les zu Mutter. Hattest du gedacht, ich habe sie so einfach gehen lassen?"

Es war die körperliche Nähe in unserer Schiffskabine, die Vater dazu bewegte, zunehmend mehr von sich selbst kundzugeben.

So hatte er mir damals nach und nach all seine Recher-chen verraten, die er unternahm um Mutter aufzulau-ern.

Zu dumm, dass Golda nicht hier ist, ging mir fortwährend durch den Kopf, - wäre sie hier, würde ihm ein ganz anderes Thema durch den Kopf schweifen. Unsere Fahrt wurde natürlich auch nicht von den Herbststürmen verschont.

Auf unserem Schiff gab es sechs Wohndecks, die gingen vom hellen Bootsdeck bis runter zum D-Deck, wo unsere Kabine unweit der Maschinenräume lag. Tagsüber hielt ich mich auf dem Promenadendeck auf, während Vater schlief. Abends gab es die neuesten Kinofilme. Wieder mit dieser blöden Zarah Leander, die Vater nicht ausstehen konnte. Oft musste er abends nach elf Uhr noch in der Bar weitersingen. Vorher gab es Tanzabende und Vater hatte eine blonde kurvige Amerikanerin im Auge, die aber in Begleitung war. Er nutze jede Minute, sobald ihre männliche Begleitung außer Sichtweite war um mit ihr ins Gespräch zu kommen. Dabei redete er mit Händen und Füssen. Wahrscheinlich hat er ihr wieder die Story erzählt, dass er dabei ist, sein Einreisevisum über Albert Einstein in die Wege zu leiten, denn dieser Physiker verfügte seinerzeit über ein Einwanderungsbüro in den Staaten. Eines Abends nach der Spätvorstellung weckte er den Funker, der vor seinen Apparaturen döste.

Vater brachte ihm eine Notiz mit der Adresse mit Albert Einsteins Einwanderungsbüro.

"Er hat schon vielen Künstlern zur Einreise verholfen."

Der Funker rieb sich die Augen.
"Das ist doch viel zu spät für ein Visum. Kennen sie ihn persönlich?"

"Aber versuchen"

"Ich darf nicht privat funken"

Die beiden redeten eine ganze Weile. Später erhielt Vater die schriftliche Nachricht, Herr Dr. Einstein befinde sich derzeit bei seinem Freund Dr. Albert Schweizer in Afrika.
Damit war das Thema Albert Einstein vom Tisch und der Funker war in Vaters Augen unfähig.

Unsere Betten lagen übereinander. Vater lag unten, weil es ihm zu beschwerlich war, immer hochzuklettern, was auch mit seinem Alkoholspiegel zu tun hatte.
In seinem Koffer suchte er nach einem sauberen Hemd, fand seine einzige Fliege, redete mit seinem Koffer,
"hoffentlich krieg ich heute Abend überhaupt einen Ton raus."

In der feudal ausgestatteten Cocktail-Bar klimperte sich der Pianist auf seinem Flügel ein. Langhalsige Damen in Abendgarderobe am Arm von gut gekleideten Herren nahmen Platz auf den komfortablen Klubsitzen. Die Tische waren aus dunklem Holz geschnitzt.

Vater war zeitlich knapp. Wollte nur ein kleines Nickerchen vor der Spätveranstaltung machen wobei er tief und fest einschlief. So tief schlief er nachts nie, wenn er schlafen durfte. Musste sich einen Maulkorb vom Pianisten einholen. Er atmete einmal tief durch, verneigte sich vor der vornehmen Gesellschaft, die inzwischen alle Clubsessel um die Tische herum belegt hatte.
Der Pianist begann, und Vater sang, mit harter Stimme auf ein starkes Timbre bedacht:

„Ich weissss…" dabei kamen seine gut erhaltenen Zähne besonders zum Vorschein, verbargen jedoch jegliche Ausstrahlung eines Lächelns"…es wird einmal ein Wunder gescheeeehn und dann werden tausend Wunnnderr wahr."
Jeden Nachmittag übte er sich in das Timbre der Zarah Leander ein, um sein Repertoire zu vervollkommnen.

Die Absage des Funkers, Albert Einstein nicht erreicht zu haben geisterte Vater wie ein Spuk im Kopf herum. Den Spuk konnte man ihm von weiten ansehen.
Der allabendliche Spätauftritt in der Bar passte eigentlich nicht in sein Vergnügungsrepertoire. Viel lieber wäre

er um Fräulein Amerika, wie ich sie nannte herumge-
schwänzelt.

Wie üblich spielte sich der Pianist auch an diesem Abend
leise in die Melodie ein. Mehrere Herrschaften hatten
sich um mich herum platziert. Dazwischen mal wieder
ich wie ein Groschen Falschgeld. Wenn sie bloß nicht so
affektiert vornehm täten. Gucken zwar freundlich, irri-
tieren mich aber unentwegt. Starrte auf meinen Schnürsenkel, einer ist offen, dann auf ihre Schuhe und hebe
meinen Blick langsam zum Busen der Dame.

Dann begann der Pianist lauter zu spielen. Ich schrecke
zusammen. Hatte ihn ganz vergessen. Haute die tiefen
Töne in die Tasten für:
„Davon geeet die Weltt nicht unnnter …."
Ich sah Vater tief durchatmen und immer, wenn er so
tief in sich hineinatmete, wusste ich, dass danach eine
Explosion folgen konnte, nur sah das Ausmaß jedes Mal
anders aus. Er begann mit dem Timbre von Zarah Leander die ersten Takte aus sich raus zu quälen. Normalerweise konnte er problemlos vom Tenor zum Bariton
wechseln, aber er hatte seine Baritonstimme bereits in
Rage gebrummt und man hätte aus heutiger Sicht bei
seinem Auftritt eher eine Karikatur einer Nina Hagen vor
Augen gehabt nur mit dem Unterschied, dass sie ihren
Auftritt perfekt darbot, während mein alter Herr seinen
cholerischen Ausbruch frönte. Er platze heraus aus

seinem Käfig. Und während er sich so aufblies riss auch noch der mittlere Knopf seines weißen Oberhemdes ab. An dieser Stelle sprang sein Oberhemd auf.

Laut:
„Das war so nicht geplant! -
Ich bring doch keine Nazipropaganda!"

Die vornehmen Damen erstarrten, selbst Fräulein Amerika reagierte erschrocken. Mit seinem Auftritt hatte er es mal wieder geschafft, die Dynamik der Abendgesellschaft über den Haufen zu werfen. War auch nicht das erste Mal. Meine Mutter konnte Arien darüber verfassen. Das war auch der Grund, weshalb sie mit dem Pianisten in die Vereinigten Staaten flüchtete. Jedenfalls dachte ich das. Das war genau ein Jahr her. Nun stand er da. Mit sich allein und seinem Anhang.
Die Damen wollten sich nicht beruhigen. Sie waren ihm eigentlich gut gesonnen. Aber Ausbrüche dieser Art überforderte das Publikum. Mit seinem Auftritt hatte er es mal wieder geschafft, alle Beteiligten zu verunsichern. Als die freundliche Dame mit ihrem hellen Dekolleté sich erhob und ihre Nachbarin anstieß um die Veranstaltung zu verlassen, stellte ich mich auf meine Füße, mein Schnürsenkel war immer noch offen, und holte zweimal tief Luft, bis zum letzten Rippenbogen und appellierte an meine knäbliche Sopranstimme.

Meine Sopranstimme, die mitunter in Mezzo-Sopran wechselte, gab alles her.

Ein holländischer "Mama" Sänger Heintje, der einst die Omaherzen höherschlagen ließ, hätte es nicht besser trällern können.

Die Aufmerksamkeit richtete sich auf mich. Ich legte einfach los. So richtig aufrecht, geradestehend und Kopf hoch, wie Mutter immer sagte, brachte ich als knapp 13-jähriger bereits eine körperliche Höhe von fast 1,60 cm zustande. Bizets Duett aus Carmen war mir in diesem Moment sofort präsent. Es kam im dritten Akt vor und hieß: "Je dis que rien ne m'epouvante" auf Deutsch so viel wie, ich sage, dass mir nichts Angst machen kann.

Es war dieser Ohrwurm, der mich noch tagelang begleitete, wenn ich gemeinsam mit Vater dieses Duett übte und Mutter uns am Flügel begleitete. Das war meine Erinnerung an Mutter.

Je dis que rien ne m'epouvante

from *Carmen*

By Georges Bizet
(1838–1875)

Don José
Ma mère, je la vois!..
oui, je revois mon village!
O souvenirs d'autrefois!
doux souvenirs du pays!
Vous remplissez mon coeur
de force et de courage!
O souvenirs chéris!
Souvenirs d'autrefois!
Souvenirs du pays!

An der Stelle der Micaela setzte ich ein mit der Arie in Es-Dur

Micaëla
Sa mère, il la revoit!
Il revoit son village!
O souvenirs d'autrefois!
Souvenirs du pays!
Vous remplissez son coeur
de force et de courage!
O souvenirs chéris!

wiederholte mich, damit der Pianist seinen Einsatz findet

beide …..

Don José
Qui sait de quel démon
j'allais être la proie!
Même de loin,
ma mère me défend,
et ce baiser qu'elle m'envoie,
écarte le péril
et sauve son enfant!

Micaëla
Quel démon? quel péril?
je ne comprends pas bien…
Que veut dire cela?

Don José
Rien! rien!
Parlons de toi, la messagère;
Tu vas retourner au pays?

Micaëla
Oui, ce soir même…
demain je verrai votre mère.

Don José
Tu la verras!
Eh bien! tu lui diras:

« Que son fils l'aime et la vénère
et qu'il se repent aujourd'hui.
Il veut que là-bas sa mère
soit contente de lui! »

Tout cela,
n'est-ce pas, mignonne,
de ma part, tu le lui diras!
Et ce baiser que je te donne,
de ma part, tu le lui rendras!

Micaëla
Oui, je vous le promets…
de la part de son fils,
José, je le rendrai, comme je l'ai promis.

Der brüllende Alte fing sich, und ich erinnere wie er sich langsam in die Tenorstimme des Leutnants Don José ein-sang. Es schien, als hatte unser Duett Anklang gefunden. Damit erhellte sich Vaters Stimmung.

Spät abends in der Kajüte brannte Vaters Funzel wieder stundenlang. Ich war grad mal wieder am Dahindäm-mern kurz vor dem Einschlafen. Er las mir vor:
"Man darf keine Angst haben. Glaube nur an dich selbst. Das sagte Spinoza im 17. Jahrhundert schon."

Nachts in der Kajüte, bestens gelaunt mit seinem Quantum Beaujolais in sich hineingekippt, fing Vater wieder vom Spinoza an, der angeblich sogar von Goethe zitiert wurde. Er bekam trotz Beaujolais Abfüllung kein Auge zu.

"Siehst du … genauso wie Goethe, der hat es auch so gesehen in seiner Abfolge von Betrachtungen über sein Leben"

"Ich bin müde. Jetzt kommt der auch noch mit Goethe" und dabei dozierte er mit erhobenem Zeigefinger aus seiner unteren Koje heraus mir nach oben zugewandt. Aber er hörte mich gar nicht.

"So närrisch macht den Menschen die Furcht" las er vor „der Aberglaube …"

"Bin doch gar nicht abergläubisch."
"Aber es ist die Furcht," er sagt weiter: „sie ist es die den Aberglauben erzeugt und ihn nährt und ihn begünstigt".
"Meinst du den Spinner?"
"DU hast Latein gehabt!"
"Wenig"
"Spinoza kommt von Spinozus und von Spina und heißt Dorn genauer voller Dornen oder von einem dornigen

Ort, Juden haben ihre Namen gekauft und nach Blumen benannt."
"also er sagt: Bewunderung"
"wer du oder Goethe oder Spinoza?" Wenn er doch endlich still wäre. Ist er aber nicht.
"Seit wann rede ich von mir in der dritten Person! ... " er ließ sich nicht unterbrechen.

"Goethe zeigte Bewunderung darüber, dass Spinoza schon damals im 17. Jahrhundert Argumente geliefert hat wie: lass die Liebe fließen und befreie dich von den Erwartungen etwas zurück zu bekommen. Er gab ihm ein inneres Gleichgewicht. Er fügte hinzu, Herz Geist und Verstand suchten sich mit notwendiger 'Wahlverwandtschaft' und durch diese kam die Vereinigung der verschiedenen Wesen zustande."

Immer wenn er zu viel getankt hatte, gelang es mir am besten ihm Kontra zu geben.

„Und 'Golda' wäre dann deine 'Wahlverwandtschaft'. Die hat dich aber nicht haben wollen",
fiel mir dazu noch ein,
"Deshalb musst du jetzt hier dieses Scheiß Zeug trällern."
"Ich wehre mich eben dagegen. Mit Erfolg wie du gesehen hast. -

Aber du hast dich hervorragend eingebracht. Das war ein Auftritt wie in der Oper. Ich glaub die Leute dachten, es gehört so."

"Du kannst froh sein, dass mir mein Sopran nicht abgehauen ist und ich nicht plötzlich wieder im Bariton gelandet bin."

"Die Kabine beginnt sich um mich zu drehen."

"Weil du so viel Beaujolais reingeschüttet hast."

"Alles dreht sich mein 'kleiner Jaques', so nannte er mich immer, wenn er nur noch lallen konnte und lallte weiter irgendein Zeug von Spinoza, das ich nicht verstehen konnte. Wenn er besoffen war konnte er es nicht lassen sich abermals zu rechtfertigen, und fuhr fort:

"Siehst du, wie die Vernunft von unseren Emotionen geknechtet wird? Fast hätte ich meine Seele vergewaltigt und mich auf diese Nazipropaganda ...",

dann schlief er ein. An die Geschichten von Spinoza erinnere ich mich sehr gut. Schließlich war es immer dasselbe, was er mir vorlas. Die meisten Buchseiten fehlten ja, weil der Platz der vielen Seiten als Versteck für den locker gemachten Bargeldbetrag von Vaters Freund Aron Kirschenbaum diente. Der Gelddrucker, wie wir Kinder ihn immer nannten war Vaters bester Freund und sein Sohn Benni war mein bester Freund. Benni und viele andere Freunde fehlten mir sehr.

Miss Liberty

Mit den abendlichen Auftritten meines Vaters hatte auch ich das Glück, abends in der ersten Klasse zu verweilen und mit den jungen Mädchen anzubandeln. Aber es fehlte mir am Outfit. Mit fiebrigen Augen schaute ich ihnen hinterher und selbst nachts im Schlaf himmelte ich jene jungen Mädchen an, aber sie waren nicht für mich bestimmt.

So sehr ich mich auch bemühte, ich passte einfach nicht in diese vornehme Gesellschaft.

Vater auch nicht. Dafür freundete er sich nicht nur mit dem Schiffskoch an, sondern hatte ganz gezielt den Kontakt zum Funker aufrecht erhalten mit der Hoffnung, Albert Einstein ist vor unserer Ankunft in New York heimgekehrt. Dann hätte er noch die Chance gehabt, sein 'Immigration Office' anzufunken.

Er besuchte den Funker regelmäßig und brachte seinen Rotwein mit, den er vom Koch abgestaubt hatte.

Irgendwann in den frühen Morgenstunden als ‚Miss Liberty' in Sicht war, gab er seinen Plan auf. Jetzt hielt er mir Vorträge über eine römische Göttin. Diese römische Göttin der Freiheit in Bronze gegossen rückte immer näher und ihren Sockel mitgerechnet ragt sie fast hundert Meter auf ihrer kleinen Insel hervor und symbolisiert die amerikanische Unabhängigkeit. Und so steht sie heute noch da. Viele Gedanken gingen Vater durch den Kopf: "Ob er wirklich so unabhängig ist dieser ‚Roosevelt', der verliert doch die Wahlen, wenn er uns auch noch aufnimmt. Ist doch gefangen in der Welt-Wirtschafts-Krise und lässt auch niemanden in sein Land. Alles hatte begonnen mit dem Börsenkrach 1929 und daraus folgte der starke Rückgang der Industrieproduktion. Bankenkrisen folgten, und ein Al Capone blühte auf. Oder war der schon früher? Die Bankenkrise zog sich durch bis nach Deutschland. Die deutschen Banken bekamen keine Gelder mehr, die sie für ihre Schulden des ersten Weltkrieges abzuzahlen hatten. Alles hing miteinander zusammen.

Irgendwo musste das Geld doch herkommen. Juden wurden verfolgt. Sie mussten ihr gesamtes Guthaben offenlegen. Vater auch. Von denen holte man die Kohle. Und von uns. Und jetzt ragt eine ‚Miss Liberty' aus dem Meer hervor und will für die amerikanische Unabhängigkeit plädieren. Die deutschen Juden sind hier unerwünscht. Bringen ‚Roosevelt' (auf Deutsch Rosenfeld) aus dem Takt mit seinen neuen Wirtschafts- und Sozialreformen des „New Deal" mit dem er den USA neue Hoffnung machen wollte. Mit einreisenden Glaubensbrüdern aus Deutschland konnte er seine Wahlen nicht gewinnen. Das hätte bedeutet noch mehr arme arbeitslose Menschen.

Angeblich gehörte er einer episkopalen Kirche an. Geheiratet hatte Roosevelt aber seine jüdische Cousine die ebenfalls Roosevelt hieß." Und abermals viele Gedanken verfolgten ihn. Der Aufenthalt im Hafen von New York zog sich über zwei Tage hin. Es war entschieden, eine Einwanderung kam nicht infrage. Es hieß also Trübsal blasen, bis eine Ansage mich hellhörig machte. Immer wieder wurde über Lautsprecher ausgerufen: Mr. Blamtoll please contact our information-office, Mr. Blamtoll please. Bis ich, der kleine ‚Jaques' auf die Idee kam, die meinen vielleicht Mr. Blumental und können es nicht auf Deutsch aussprechen. Genauso war es.

Als Jaques den Ausrufen gefolgt war, traf er im Info-Office auf die wartende Golda. Es gab ein so herzliches Wiedersehen, wie es kaum mit Worten zu beschreiben ist. Eine Einreise gab es zwar immer noch nicht. Aber sie war wieder da. Allerdings nur für die Zeit des Aufenthalts im Hafen von New York. Der Faktor Zeit spielte bei Vater und Golda grundsätzlich eine entscheidende Rolle. So auch hier an Bord. Sie blieb den ganzen Abend und die Nacht über. Wo sich die beiden aufhielten, erfuhr ich nie. Auch nicht auf meine wiederholten penetranten Fragen hin. Morgens musste sie das Schiff wieder verlassen, weil es wieder auslief. Es waren Träumereien, die die beiden miteinander verband. Träumereien, die meistens in der Philosophie und in den Mythen endete. Es waren kindliche Sehnsüchte, die von nun an durch seinen Kopf kreisten. Golda befand sich in ihrer Aufgabe für Histadrut, einem sozialistisch orientierten Verband der Arbeiter Palästinas in New York und ein paar anderen Städten, und war über Vaters Aufenthalt in New York informiert. Sie erzählte ihm von der Planung eines Luxusdampfers ‚St. Louis'. Dieser sollte deutsche Flüchtlinge aus Europa holen. Genaueres würde sie ihm dann noch per Post mitteilen.

Die ersten Tage der Weiterfahrt waren durchwachsen. Um nicht nur die blöden Lieder zu trällern, hatte mein Vater sich durchgesetzt und wir sangen nach seinem emotionalen Ausbruch wenn auch nur zu zweit die Lieder der 'Comedian Harmonists' und begannen mit „Ein Freund ein guter Freund ...". Seine Nasalstimme war stabil im Gegensatz zu meiner, die von Sopran zu Mezzosopran wechselte, bei der sich ab und zu ein unerwarteter dunkler Ton einschlich.

Abends in der Kajüte empfing ich jedes Mal ein großes Lob von dem Alten. Er schien zufrieden mit mir.
Sein gutes Verhältnis zum Schiffskoch verbesserte seine Laune und er brachte nach wie vor eine gute Flasche Rotwein mit. Es war ein guter Tropfen, den er nicht selten direkt aus der Flasche trank, womit er seine Vorderzähne dunkel färbte. Dazu wickelte er einen Käse aus

seinem Papier. Ich mochte noch keinen Käse. Für mich hatte er Schokolade dabei.

Je südlicher das Schiff im Atlantik steuerte, desto stärker kämpfte es gegen die starke Strömung des Golfstroms an. Der Seegang wurde zunehmend heftiger. Wir hatten Windstärke sechs die sich innerhalb kurzer Zeit zu einem Tropensturm von Windstärke elf aufbaute.
"Raus an die frische Luft", folgte ich meiner inneren Stimme.
An Deck waren Seile entlang der Reling gespannt, an denen sich die Passagiere festhalten mussten.
Kaum jemand hielt sich da draußen noch auf.
"Tief ein- und ausatmen und die Augen gehen mit der Bewegung des Schiffes mit. Oder war es der Horizont?"
Einmal war nur der hellwerdende Himmel sichtbar, danach fuhr die Achterbahn mit mir in der ersten Reihe bergab. Zu sehen war nur das Meer mit seinen hohen Wellen. Hoch als wollte sich dieser Dampfer seitlich überschlagen.
Kotz übel " -tief einatmen … ausatmen und wieder erneut, bis es sich alles wendet und gen Himmel bewegt."
So war es unzählige Male.
Bis ein Steward mich am Arm packte und in das Innere des Decks zog.

„Haben Sie nicht gehört, dass wir einem erneuten Tropensturm entgegenfahren! – Sie haben jetzt drin zu bleiben!"

Dabei hielt er mir eine große Tüte hin mit dem Zeigefinger auf die Öffnung deutend.

Nach zwei ganzen Tagen und zwei Nächten beruhigte sich die See. Das Meer sah friedlich aus. Delphine flogen durch die Luft von Welle zu Welle und ich ging in mich: "An diesem Tag ist Genesung angesagt." Die Weiterfahrt verlief auf glatter See. Es wurde täglich wärmer.

Seit unserer Überseefahrt war mein Vater nachts wach. Immerzu brannte seine Funzel über seiner Liege in unserer Kajüte. Es war als befinde er sich im Gefängnis seiner selbst. Der Alkohol verhalf ihm, die gepanzerten Gefängnistüren zeitweise zu sprengen, um das 'Über-Ich' auszuschalten.

Das nächtliche Ritual ließ die Rotweinflasche floppen und seine kleine Funzel punktierte die Spalten der Abhandlung.

Er dachte ständig laut. Es schien ihm ratsam, etwas Gewisses aufzugeben. Etwas, das für ihn damals noch ungewiss war. Immer wenn er in seinem 'Spinoza' vertieft war wollte er mich einbeziehen in diese für mich komplizierte Gedankenwelt dieses Philosophen.

Er wollte verstehen, weshalb diese Verfolgung gerade seine Glaubensbrüder betraf.

"Und Spinoza war auch ein Glaubensbruder. Ein Ausgeschlossener," belehrte er mich, "freiwillig, aus Überzeugung."

Meine Argumente, wir praktizieren den Glauben doch gar nicht, gingen dabei unter.

Er wollte es genauer wissen. Spinoza schien es zu wissen. Dachte er.

"Du bekommst auf diese Weise wenigstens den Einblick in ein wenig Philosophie, wenn auch nur einen kleinen einseitigen Einblick", belehrte er mich.

Vater sollte es helfen, das 'Sein' zu definieren.

Damit meinte er das 'Sein' auf einer höheren Ebene.

"Was meint er denn mit dem 'Sein' überhaupt?"

"Er nennt das 'Affektenlehre'. In dieser Lehre geht es ihm darum, in gewissen 'Ursachen' nicht unterzugehen."

"Was für Ursachen?"

"Ursachen wären beispielsweise die bei uns herrschenden Verfolgungen."

"Das haben wir auch ohne Spinoza gewusst. Deshalb sind wir ja weggegangen."

Demut ist eine Trauer und keine Tugend

"Eben, wir sind weggegangen, um nicht zum Knecht dieser 'Affekte' zu werden. Unsere Flucht geschah aus einer Ohnmacht heraus. Und aus dieser Ohnmacht heraus entspringt eine tiefe Demut. Aber diese Demut ist keine Tugend, sondern sie ist eine Trauer."

Er machte eine Denkpause, und ich kam wieder zu Wort:

"Ist doch egal, ob Tugend oder Trauer."

"Nee! Tugend brauchen wir jetzt wirklich nicht! Aber die Trauer, davon gejagt zu werden so wie wir, die kann man bewältigen."

"Ok"

"In der Bewältigung dieser Trauer ist es das Ziel Spinozas, da Gott in allem ist … "

ich fiel ihm ins Wort,

"… du hast doch gesagt, Spinoza hat es nicht mit dem lieben Gott. Was will dir dieser Spinoza neues sagen?"

"Also, um es auf den Punkt zu bringen. Alle Geschehnisse und Ereignisse auf unserem Planeten inmitten des Universums unterliegen einer natürlichen Gesetzmäßigkeit. Alles in unserer Galaxie dreht sich seit abermals vielen Jahren in einer Gesetzmäßigkeit um die Sonne herum. Für Spinoza ist das so etwas wie eine höhere Intelligenz, die sich Gott nennt. Und wir Menschen sind ein Teil des Ganzen und damit sind wir auch ein Teil Gottes.

Aus dieser Sichtweise heraus unterliegen wir Menschen einer natürlichen Gesetzmäßigkeit und nicht den bürgerlichen Normen und Werten einer bestimmten Kultur, die von Menschen erdacht wurde."

Mein spontaner Gedanke dazu war,

"Eigentlich könnte ich dann ja machen was ich will."

"Wir tragen eine ethische Verantwortung."

Damit knipste er seine Funzel aus.

Und so sprachen wir oft Nächte lang, insbesondere wenn er nicht schlafen konnte. Und das war so gut wie immer.

Seine schlaflose Phase verstärkte sich mit der Überfahrt in ein ungewisses für uns unbekanntes Ziel, einer Insel in der Karibik, wo ein Diktator regierte, der genau diese Menschen wie uns haben wollte, weil sie hellhäutig waren. Ein 'Samy Davis jr.', der auch Jude war, wäre demzufolge nicht willkommen gewesen, weil er dunkelhäutig war. Das sollte einer verstehen.

Also musste das „Sein" weiter definiert werden. Ich war gerade knapp dreizehn, und was mir entging, war eine gute Schulbildung. Musik und Philosophie lernte ich von meinem Vater. Aber für all die wichtigen Fächer wie Mathe und Physik gab es nur Grundkenntnisse. Die genügten nicht um einem Schulabschluss irgendwo nachzuholen. Abgesehen davon bewegten wir uns auf einen Landstrich zu, wo die Leute so gut wie gar nicht zur Schule gingen.

Roosevelt verhökert Flüchtlinge an Trujillo

Roosevelt hatte uns also an den Diktator 'Trujillo' verhökert. Zu diesem Zweck hatte dieser Trujillo den Chiquita Strand mit seiner Bananenplantage zu einem Spottpreis von den Amis abgekauft.

Diese Bananenplantage, auf der zu diesem Zeitpunkt kein Kraut mehr gedieh - auch keine Bananen - gehörte der 'United Fruit Company'. (Später als 'FRUIT OF THE LOOM' bekannt)

Auf - zu einem Trujillo in seiner Fantasieuniform mit rundem Puderdöschen ging unsere Odyssee weiter. New York war abgehakt. Einstein war nicht aufzufinden. Hatte später in der Zeitung verfolgen können, dass er tatsächlich zu seinem Freund Albert Schweitzer nach Afrika gereist war.
Auf uns hatte niemand gewartet. Weder Roosevelt noch Einstein. Golda war in weiter Ferne und Vater schwärmte nur noch ihr Foto an, das er auf seinem Nachtschrank aufbewahrte. Also ging die Seefahrt weiter zur Insel Hispaniola. Das Klima veränderte sich von Tag zu Tag. Es wurde zunehmend tropischer, bis wir in Santo Domingo erstmalig schwitzend an Land gehen durften.

An der Reling reichten die Passagiere das Fernglas von Hand zu Hand. Als es in Vaters Hände gelang, störte seine Brille, die er mir in die Hand drückte. Nach langem drehen hatte Vater die Reling, dann den Kai von Santo Domingo und schließlich den Diktator im Visier. Er traute seinen Augen nicht:

"Da steht ein Pfau! Schau ihn dir an," und reichte das Fernglas an mich weiter.

"Tatsächlich", seine Kopfbedeckung sah einzigartig aus. Fasching. "eine bunte Feder, wie Fasching."

Da stand er dann in voller Pracht mit seiner selbstkreierten Uniform, dieser Diktator und Freund des amerikanischen Präsidenten. Roosevelt selbst hatte Trujillo nach Frankreich zum Evian Comité deligiert um die verfolgten Europäer zu sich auf die Karibikinsel zu holen. Alles wurde bestens geplant. Das Unternehmen Fruit of the Loom verkaufte ihm zu einem Freundschaftspreis die Bananenplantage Chiquita, nach dem der Strand von Sosúa im Nordosten der Insel benannt wurde.

Das grinsende Gesicht breit und schmierig mit dem Oberlippenbärtchen genauso wie der deutsche Diktator habe ich immer noch vor Augen. Er trug eine geschmacklose perfekt geschnittene Fantasieuniform gekrönt von einer Kopfbedeckung mit Federbusch. Man erzählte sich, er helle sein Gesicht mit Bleichcreme und Puder auf. Ich stellte mir vor, wie dieser Pfau mit seinem Federbusch auf dem Kopf im Hafengebäude eine

Damentoilette aufsucht, sein rundes Puderdöschen öffnet und sich mit einem Schwämmchen über Nase und Wangen fährt, um seinem Ideal einer hellen Hautfarbe nachzuhelfen, wobei die intensive Sonneneinstrahlung auf diesem Breitengrad eher das Gegenteil bewirkte. Jedenfalls bei uns. Wir hatten durch die Bank weg alle einen Kopf, der einem Leuchtturm glich.

Über zehntausend deutsche Flüchtlinge sollten kommen, dann waren das höchstens sechshundert, die gekommen sind.

"Und wenn es nur einer gewesen wäre! Es geht nicht um die Masse, sondern um das Individuum. Amis und Menschenrechte?"

Ereiferte Vater sich sobald jemand das Thema auch nur im leisesten anschnitt.

"Es war eine Missachtung, den Menschen ihre wirtschaftliche Existenz wegzunehmen und dann in einen Kibbuz zu stecken. Und das nicht irgendwo hin, sondern auf eine abgelegene Karibikinsel zu einem Diktator. Einem Diktator, der kurz vorher ein Riesenmassaker verbrochen hatte. Aber der Ami hat ihm seine ethnische Säuberung schnell vergessen. Schließlich nahm Trujillo ihm ja die Flüchtlinge ab.

Er ein Verbrecher, der nun sein dunkelhäutiges Volk mit uns aufhellen wollte.

Da standen wir nun, bei einem neuen Herrscher, der sich bereit erklärt hatte uns aufzunehmen. Von Hitler zu Trujillo im Auftrag von Roosevelt. Vater hatte vergessen, dass er auf dem Comité ja gar nicht mit dem regierenden Trujillo gesprochen hatte, sondern nur mit dem Bruder von ihm. Auch war es nur ein kurzes sich bekannt machen, arrangiert von Golda. Sie sahen sich sehr ähnlich, die beiden Brüder.

Wütend von dem Anblick schnaubte Vater:
"Wo sind wir hier!!"
Den Ton kannte ich nur zu gut.
Keine Arie konnte ihn jetzt retten. Der Typ sah aus, als würde er nicht lange fackeln.
"Eh du dich versiehst landest du im wohl temperierten Knast mit tropischer Heizung."
Keine Darbietung im Duett würde uns helfen. Hier hieß es nur:
"Alter Benimm dich! Halte deine verdammte Klappe."
Gut so dachte ich, jetzt richtet er seinen Zorn auf mich, und dementsprechend fluchte er mich an:
"Was fällt dir ein! So mit deinem Vater zu reden."
"Der sieht nicht aus, als würde er mit sich spaßen lassen", lenkte ich ein.

Wir kletterten auf die Lastwagen, die für uns zum weiteren Transport bereitstanden. Eine Fahrt durch Santo Domingo einst entdeckt von Christoph Kolumbus, der als hervorragender Kartenzeichner die These entwickelte, fahre man nur nach Westen, dann gelange man nach Indien und zu den Reichtümern von Gold und Silber, denn die Erde war eine Scheibe. Nein. Die Erde war keine Scheibe mehr. Es wurde inzwischen herbstlich, und wir sind während unserer Überfahrt nur knapp den wirklichen Herbststürmen, wie einem Hurrikan entkommen. Jetzt fuhren wir eine Ewigkeit über die mit Schlaglöchern durchsetzte Straße. Hin und wieder bogen einsamen Wege mitten durch die Gebirgswelt hinein. Alle an den Ausläufern des ‚Pico Duarte' vorbei, bis wir den Rand des tropischen Regenwaldes im Norden der Insel erreichten. Ein Reifen musste gewechselt werden. Ich war hungrig. Irgendjemand hatte Wasser dabei. Aber das machte nicht satt. Straßenschilder gab es noch gar nicht. Kein Plan wo die uns hinführten. Aber dann, - so erschien es mir -, war ganz plötzlich das Meer in Sicht.

Mit New York blieb das Thema ‚Spinoza' eine Zeit lang hinter uns. Jetzt ging es nur noch um Roosevelt dem amtierenden Präsidenten der USA, mit seiner gleichnamigen Ehefrau, die wohl eine seiner Cousinen war und offiziell dem Judentum angehörte. Er angeblich nicht. Er wollte uns nicht haben. Das war Vaters Thema von morgens bis abends.

Auf der Karibikinsel angekommen fuhr Jacob einmal wöchentlich mit dem Postbus nach Santo Domingo. Es gab nur ein Postamt. Adressiert an Ruth Blumental nach Havanna adressierte er wöchentlich denselben Text. Postlagernd. In der Hoffnung, Ruth würde sich erkundigen.

Ruth und Miron planen St. Louis 1939

Ein Jahr später. Jacob hielt sich seit einem Jahr auf der Insel Hispaniola auf. Er wartete zwar immer noch darauf, dass Golda ihn besucht. Sie schrieb ihm auch ganz selten. Aber Jaques ständigen Gedanken folgend, war Vater damit beschäftigt, die Suche nach Mutter nicht aufzugeben. Er fuhr einmal in der Woche nach Santo Domingo zum Postamt und telegraphierte regelmäßig mit Bennis Vater Aron um Neuigkeiten über Mutter zu erfahren.

Bennis Vater Aron, der im Kontakt mit meiner Mutter Ruth stand hatte herausbekommen, dass Ruth mit viel Geduld eine Schiffspassage ergattert hatte.

Kisten in der Größe eines Vertikos warten darauf beladen zu werden. Miron, der sich nun mit der Auswanderung nach Havanna abgefunden hatte, beschriftete eine nach der anderen mit seiner dunklen Ölfarbe.
„Die wird sicher nicht so schnell abgehen"
Ruth ist in Gedanken bei ihrem Sohn Jaques, „wie es Jaques jetzt wohl ergeht?"
„In Frankreich ist es besser als hier in Deutschland," meinte Miron,
„ich hole ihn nach, so schnell ich kann."

Nach ewigen Schlange stehen im Reisebüro hatten sie es nun geschafft. Ruth und Miron befanden sich an Bord der St. Louis auf dem Weg nach Havanna.

„Hamburg-Amerika-Linie von Hamburg über Cherbourg Zielhafen Havanna, das hast du ja gut hingekriegt."

„Wenn du wüsstest," - dabei verdrehte Ruth ihre Augen in sämtliche Richtungen - „wie lange ich in dieser Schlange vor dem Reisebüro gestanden habe ..."

Miron umschlingt sie mit beiden Armen und bringt in diesem Moment seine volle Anerkennung zum Ausdruck, kann sich aber nicht verkneifen,

„noch schöner wäre es, wenn es New York wäre ... aber das kann ja noch kommen."

Alle Vorbereitungen waren getroffen. Das Briefing wurde einberufen. Der Crew wurde über die Buchungslage informiert.

Jetzt betrat Kapitän Schröder die St. Louis. Er gab letzte Anweisungen.

Manche Kabinen seien überbucht. Es seien alles Ausländer, was so viel bedeutete, dass die Ausländer an deutschen Feiertagen nicht teilnehmen brauchten. Während dieser Überfahrt wurden Feiertage nicht zelebriert.

Die Bordkapelle bestand aus zehn Leuten.

Das An-Bord-Gehen dauerte, wie gewöhnlich mehrere Stunden. Es wurde wenig gesprochen. Über dem schwappenden Wasser zwischen den Kaimauern waren schrille Schreie der Möwen zu hören.

Ruth Blumental trug ein hochgeschlossenes dunkles Samtkleid. Ihr Haar wehte zerzaust durch den Wind.

Noch einmal schauten Ruth und Miron ihren Kisten nach, die immer noch im Hafen verweilten.

„Hoffentlich wird unsere Fracht noch verladen,"

„naja, wir haben uns," beruhigt sie ihn.

Als das Schiff langsam von den Schleppern mit ihrem lauten Tuten hinausgezogen wurde, befanden sich kaum noch Menschen auf der Reling außer ein paar weniger Besatzungsmitglieder, die ihren Angehörigen nachwinkten. Die Bordkapelle spielte fröstelnd fast für sich allein in Begleitung von kreischenden Möwen ihr traditionelles „Muss i denn ..." was sowieso niemand hören wollte.

Die meisten Passagiere hatten sich auf ihre Kajüten zurückgezogen.

Durch das Bullauge ihrer Kajüte sah Miron, wie die letzten Umrisse des Hafens und die Konturen der Stadt Hamburg verschwanden.

Das Schiff machte normalerweise Vergnügungsreisen für reiche Amis von New York aus in die Karibik. Aber diese Trans-Atlantik-Tour lief unter einer Soderfahrt und war völlig überbucht. 800 Mark kostete die Unterkunft in der ersten Klasse, 600 Mark in der zweiten Klasse.

„Gut, dass wir uns das geleistet haben. Zweite Klasse ist gerammelt voll", meinte Ruth.

Draußen war es wolkig bis bedeckt mit leichten Regenschauern. Typisches Hamburger Wetter.

„Eine Schiffskarte in die Freiheit. Ich hole Jaques nach so schnell ich kann. Vielleicht kommt es ja auch gar nicht zum Krieg."

Erzählte Ruth mehr sich selbst, während Miron schon seine wenigen Kleidungsstücke in der engen Kabine verstaute.

„Das Schwimmbad wird morgen in Betrieb genommen, ich hoffe ich finde meine Badehose."

Bei einem Blick in den geöffneten Koffer entdeckte Ruth das letzte Ölbild vom Fluss. Es klebte im Koffer der Innenseite und füllt mit seiner Din-A-drei Größe die Innenfläche zu einem großen Teil aus.

„Wie schön, dass du es eingeklebt hast", beim genauen Hinsehen fiel ihr wieder der Rabe auf, der doch zu einer Tulpe überpinselt werden sollte.

„Es ist schön ... aber der Rabe gefällt mir nicht. Immer noch nicht."

Der Rabe hängt immer noch als schwarzer Klecks mitten im Werk. Miron weigerte sich, etwas zu ändern.

„Es bedeutet nichts Gutes, auch wenn der Vogel durch meinen Finger zu einem Klecks verwischt wurde."

Miron zauberte, ohne hinzuhören einen Drink verpackt in einem Minifläschchen aus seiner Hosentasche, den er mit an Bord geschmuggelt hat. Mit den zwei Zahngläsern wünschetn die beiden sich tief in die Augen sehend einen guten Verlauf der weiteren Zukunft.

Die Tanzveranstaltungen wurden geplant. Kinoabende wurden geplant. Während des Tages herrschte reger Betrieb auf den Promenadendecks und auf dem Sportdeck. Alles bei einem super Wetter. Alle waren gut gelaunt.

Abends wurden in der Halle des Oberdecks und in beiden Speisesälen der Touristenklasse abwechselnd Kino, Konzerte, Tanz- Bockbier-, Winzer- und Kostümfeste veranstaltet. Die Abendveranstaltungen wurden gut besucht. Alle Passagiere waren rundum zufrieden. Es gab Liegestühle an Deck und höfliche Stewards.

Die St. Louis passierte die Azoren und zehn Tage nach dem Auslaufen des Heimathafens nährten sie sich bereits den Bermudas. Sie waren mit Vollgas unterwegs. Nur Kapitän Schröder wusste warum. Die See war ruhig, und der Atlantik war das Abbild des wolkenlosen sonnigen Himmels, eine weite, glänzende Fläche. Der Bordfotograf musste Überstunden machen, und nachts die Bilder entwickeln. Ruth und Miron spielten in der Turnhalle Tischtennis. Es fehlte an nichts.

Die Stimmung an den Abenden stieg. Ruth setzte sich an den Flügel und spielte „Glühwürmchen... „Regentropfen, die an mein Fenster klopfen ..." alle sangen mit.
Ruth versucht Miron zum Spielen zu inspirieren. Aber seine Finger machen nicht mit. Sie sind steif wie kleine Stöckchen.
Die See war weiterhin ruhig. Bis zum Bermudadreieck sind es noch ca. fünf Tage. Der Funker döst vor sich hin während der Kapitän die Motoren weiterhin auf Volldampf trimmt.
In der Bar floss der Champagner. Es wurde auf die neue Heimat angestoßen. Der Friseur in der Ladenstraße hatte volles Haus, obwohl das feuchte Klima jeden Haarschnitt zum Einheits-Fussellook verwandelte, sobald die Seeluft in die Frisur kam. Die Passagiere waren fröhlich

gestimmt und hingen mit Champagnerglas in der Hand an der Reling.

Ein Stewart war gerade dabei die Landekarten zu verteilen, während sich die Bordkapelle am Achterdeck versammelte und darauf wartete, dass die Brücken zum Anlegesteg befestigt wurden. In einem schrillen Ton kam die Ansage über den Bordlautsprecher:
"Aufhören!"
Diese Nachricht wurde den Passagieren dann auch noch persönlich vom ersten Offizier überbracht mit den Worten, "die Landeerlaubnis wurde zurückgezogen".

Die Passagiere befanden sich in Champagnerlaune. Viele hielten sich an der Reling am Oberdeck auf. Der erste Offizier wandte sich jedem einzelnen persönlich zu. Für einen Moment entstand der Eindruck, diese Situation kann nicht real sein. Einige von ihnen waren leicht beschwipst. Sie glaubten es nicht, bis sich ihre Heiterkeit in Hysterie verwandelte.

Die 'New York Times' hatte seinerzeit darüber ausführlich berichtet, und Vater sei über jeden Schritt genau im Bilde gewesen. Nachdem der St. Louis in Havanna die Landeerlaubnis entzogen wurde, war es Ruth widererwarten gelungen mit Vater zu telegraphieren. Auch hatte er über Bennis Vater Aron gewusst, dass Mutter sich auf der Überfahrt nach Kuba befand. Er hatte vor, sie nach Hispaniola zu holen. Aber er behielt alle Infos für sich. Nur Aron und Benni wussten Bescheid. Wahrscheinlich wollte er keine falschen Hoffnungen verbreiten. Und Miron - dieser Paul Miron, der war ein Mistkerl. Er hatte tatsächlich eine Verlobte in Kuba sitzen. Das erklärte auch, weshalb er lieber nach New York wollte anstatt nach Kuba.

Als der St. Louis dann in Havanna die Landerlaubnis entzogen wurde, durften ein paar Angehörige an Bord kommen. So auch die Verlobte von Paul Miron. Es war ihr gelungen mit Erpressungsgeldern ihren Verlobten von Bord zu holen und er ging an Land. Ruth ließ er zurück. Wie sich das Ganze zugetragen hatte, konnte sich niemand so richtig vorstellen.

Ruth ließ Vater die Nachricht zukommen, dass sie sich allein an Bord befinde. Auch sie wusste ja immer, wo wir uns gerade aufhielten. Aron hielt uns alle auf dem Laufenden. Paul Miron war verschwunden. Niemand wusste Näheres.

Es hieß ja, es dürften nur Franzosen und Spanier aussteigen. Sie fuhr allein zurück. Die Kabine sah aus, als sei alles beim Alten. Der verschwommene Rabe glotze noch immer aus dem offenen Koffer. Sie demolierte die Einrichtung der Kabine. Niemand kümmerte sich. Rundherum herrschte Chaos.

In Havanna durften nur ein paar Franzosen und Spanier aussteigen. Und gegen ein entsprechendes Erpressergeld durfte eben auch Miron aussteigen.

Kuba befand sich im Jahre 1939 noch in einem Chicki Micki Rausch, der sich noch bis zur Revolution hielt, bevor er mit 'Fidel Castro' in ein neues Zeitalter startete. Angesagt war die Zeit der Spieler, die von Miami aus eine Spritztour nach Havanna machten. Es gab Spiel, Spaß und Nutten, Havanna als Alternative zum puritanischen Amerika, vorausgesetzt man brachte genug Geld mit. Deutsche Einwanderer passten nicht ins Bild. Ihnen wurden gefälschte Einwanderungspapiere unterstellt.

Über neunhundert deutsche Passagiere blieben auf dem wieder ablegenden Schiff zurück.

'Die St. Louis' bekam zwar die Genehmigung auf der Stelle zu treiben, trieb aber in der starken Strömung des Golfstroms ab und bewegte sich in Richtung Miami Beach, bis die Kompassnadel nur noch die Entfernung einer Meile von Miami Beach anzeigte. Dann ging alles ganz schnell. Rettungsboote tauchten vor Miami auf. Alle Decklampen wurden auf Anweisung gelöscht. Es wurde stockdunkel. Matrosen gingen in die Rettungsboote. Der Anker wurde gelegt. Von Backbordseite aus gesehen waren ein paar Lichter von Miami zu sehen.

Die Besatzung dachte, der Leuchtturm würde den Booten nun den Weg weisen, bis klar wurde, was sie gesichtet hatten waren gar keine Rettungsboote. Es waren mehrere Patrouillenboote der Küstenwache, die dann auch auf Steuerbord Seite gesichtet wurden. Scheinwerfer flammten auf, um das Deck der 'St. Louis' abzutasten. Am Bug des ersten Patrouillenbootes stand CG, was so viel bedeutet wie 'Coast Gard' mit der Nr.244 und morste die' St. Louis' an.

Der Küstenwache von Fort Lauderdale wurde mitgeteilt, dass es sich um die St. Louis mit 900 Passagieren handelte, die in Rettungsbooten an Land müssen.

Aufforderung der Küstenwache lautet:

Verlassen sie die Dreimeilenzone!

Ein zweiter Versuch mit der Begründung, es handele sich um einen Maschinenschaden missglückte ebenfalls. Die Amis schickten stattdessen noch zwei Flugzeuge hinterher. Die Stimmung an Bord wurde zunehmend unruhiger. Passagiere bedrohten den Kapitän des Schiffes. Der Kapitän kooperierte mit den Passagieren und nahm Kurs auf Nord-Osten außerhalb der Floridastraße.

Pressemeldungen kreuzten sich hin und her, bis eine Genehmigung mit Kurs auf Kuba zur Insel "Pinos" beim Kapitän einging.

Funkspruch von Tropical Radio Miami lautete:

Sind auf dem Weg nach **Pinos**, was sich auf halbem Weg auch zerschlagen hatte.

Es folgte die Aufforderung, nach Deutschland zurückzukehren, woraufhin die Situation mit den mehr als neunhundert Passagieren eskalierte und zum Boykott führte. Im D-Deck wurde bereits eine Sabotage inszeniert. So plante bereits eine große Anzahl der Passagiere eine Katastrophe herbeizuführen. Diese Katastrophe sollte beim Einlaufen in die Nordsee passieren. Der Kapitän wurde bedrängt mit Drohungen wie: Sie werden den Maschinenraum sprengen. Sie planen einen Brand. Meuterei. Sie werden die Brücke besetzen.

Einer knüpfte sich den Kapitän persönlich vor: "Sie haben Ihr Wort gegeben, dass Sie uns nicht zurückführen nach Deutschland!!!"

Die Bordkapelle spielt in der großen Halle ganz für sich allein.

Als es dem Kapitän schließlich gelang, die aufgebrachte Meute kurzzeitig zu beruhigen, studiert er die Seekarte im Detail. Er schließt den 1. Offizier in sein Vertrauen ein und beschließt während beide die Seekarte studieren:

"An der Südküste Englands zwischen 'Plymouth' und Dover liegt 'Cap Lizard'.

Fährt mit dem Zeigefinger der Strecke entlang.

Bei Ebbe werden wir auf Sand laufen, die Passagiere werden mit Booten landen. Wir werden eine Motorhavarie vortäuschen, einen Schiffsbrand markieren. Den Brand werden wir später löschen." So lautete die Planung des Kapitäns.

Die Küstenwache vor Fort Lauderdale blieb jedoch auch nicht unbeachtet. Die Presse hatte Wind bekommen. Das Geschehen vor Fort Lauderdale/Miami hatte sich zu einer Eigendynamik entwickelt. Die Schlagzeilen der ‚Washington Post' hatten dazu geführt, dass sich andere Amerikanische Zeitungen einer erfundenen Pressenachricht anschlossen. Die Nachricht lautete, 200 Passagiere seien vor Miami über Bord gesprungen. Diese Horrornachricht erregte anscheinend die Gemüter der USA. Um nicht gänzlich das Gesicht zu verlieren, wurde der ‚Retter' Amerika in seinem Amt aktiv. Plötzlich gab es eine Landeerlaubnis in Europa. Die St. Louis durfte in Antwerpen anlegen.

Die Passagiere wurden auf Großbritannien, Holland, Frankreich und Belgien verteilt.

Lediglich die Passagiere in Großbritannien blieben von den Deutschen verschont. Die anderen sechshundert Passagiere wurden kurze Zeit später von den Deutschen in Holland, Belgien und Frankreich verfolgt und haben größtenteils nicht überlebt.

Das war die Geschichte von Ruth und Miron. Meine Mutter Ruth blieb für uns außer Sichtweite, während wir auf Hispaniola ganz gut zurechtkamen.

Hispaniola / Sosúa

So langsam hatten wir uns auf der Karibikinsel eingelebt. Jeder Erwachsene, vielleicht waren es auch nur die Männer besaß, ein Pferd, und wir konnten ins Dorf hineinreiten und es schien, als wären wir die Attraktion für die Dorfbewohner von Sosúa. Die Dominikanerinnen machten den deutschen Männern schöne Augen. Aber es gab auch viele Krankheiten. Wir Europäer waren nicht vorbereitet auf das tropische Klima. Fälle von Malaria, wurden nicht gleich erkannt. Es gab Kinderkrankheiten, die nicht richtig diagnostiziert wurden.

Viele Einwanderer hatten sich nach Kriegsende im Jahre 1945 dann doch erfolgreich auf den Weg nach USA begeben. Aber Vater hatte beschlossen, 'wir bleiben jetzt in Sosúa.' Wahrscheinlich blieben wir wegen den hübschen Dominikanerinnen auf der Insel und für mich war es sowieso außer Frage hierzubleiben. Ich fühlte mich nach unserer Odyssee zum ersten Mal zuhause. Außerdem gab es Martha, die mit dem nächsten Schwung deutscher Flüchtlinge bei uns ankam.

Einige Jahre später haben wir uns schließlich verlobt, und 1946 führte kein Weg mehr dran vorbei, Martha war schwanger, Johannes kam auf die Welt und ich musste sie heiraten. Natürlich war ich der Vater von Johannes, aber doch noch nicht zu diesem Zeitpunkt, dachte ich damals.

"Hättest du besser aufpassen müssen", dabei verdrehte er die Augen in alle Himmelsrichtungen.

"Gut", mehr fiel mir dazu nicht ein.

Vater starb, als Johannes noch klein war. Er schlief einfach ein. Genauso stellte ich mir das auch mal vor. Er fühlte sich warm an als wir ihn fanden. Der Arzt drückte ihm die Augen zu und wir standen andächtig um ihn herum. Es war nicht so wie heute, wo der Notarzt alle Hebel in Bewegung setzt, um einen Menschen wieder ins Hier und Jetzt zu befördern. So etwas habe ich nie verstanden. Der Tod ist doch ein Prozess, den der Mensch am Ende seines Lebens durchläuft. Bei den Buddhisten gibt es viele Stufen des Abschiedes aus dem leiblichen Körper. Sie sind der Ansicht, beim Sterben handelt es sich um den wichtigsten Prozess des Lebens und deshalb sollte man sich auch schon zu Lebzeiten auf diesen letzten Abschnitt vorbereiten. - Aber was tut die heutige Medizin? Ich mag gar nicht daran denken, wie sie sich an manchen Menschen versündigt, wenn sie die letzte Lebensphase erreicht haben, wenn sie beschlossen haben, sich von diesem Planeten zu verabschieden. Vater ist in Frieden von dieser Welt gegangen und man hatte ihn gehen lassen. Sicher war seine Lebensaufgabe für ihn erfolgreich abgeschlossen. Immerhin hatte er es geschafft, uns vor den Horrorszenarien des bevorstehenden zweiten Weltkrieges rechtzeitig in Sicherheit zu bringen.

Und schließlich war es der Zufall, der einem dann geschieht, wenn man den Fluss des Lebens zulässt, denn alles fließt an einem vorbei und wenn du es fließen lässt, wirst du von dem Fluss getragen. Er trägt dich durch Veränderungen hindurch. du musst ihm nur vertrauen.

Und dieser Fluss - naja Ruth gehörte nicht unbedingt zu dieser Einsicht dazu, würde Vater jetzt sagen, sie habe ihn einfach ,stehenlassen'. Dabei war es genau umgekehrt, und ich hatte gesehen, dass sie es war, die während des Spazierganges stehenblieb, und Vater es war, der mal wieder nichts gemerkt hatte.

Wer weiß, vielleicht war ihr ,Stehenbleiben' und sie sich für immer von uns verabschiedet hatte, gerade auch der Auslöser dafür, Veränderungen zuzulassen. Unsere Reise ohne Mutter an den Genfer See begann mit einer Durststrecke. Doch die zufällige Begegnung mit einer neuen Liebe brachte Vaters Durststrecke zum Stillstand. Es war die zufällige Begegnung mit Golda, die seine Energien des Lebens wieder zum Fließen brachten.

Es sind die Zufälle, die den Menschen in den Momenten passieren, sobald sie wieder offen sind für die Welt, in der sie sich befinden.

Ich hatte ihn genau beobachtet, wie er an jenen Abenden strahlte, als er seinen ,kleinen grünen Kaktus' mit seiner künstlichen Nasalstimme besang. Sein ,kleiner grüner Kaktus' war jetzt Golda und es war, als wäre Mutter im Altgedächtnis abgespeichert worden.

Vater war also von uns gegangen und Johannes war unser Sorgenkind. Er erkrankte als Kind an Mandelentzündung. Jedenfalls dachten wir das. Er hatte einen dicken Hals. Es hieß er hat einen Virus einhergehend mit Fiber, wird schon wieder besser werden. So richtig hatten wir nie erfahren, um was für eine Krankheit es sich handelte. Einige Jahre später hatte Johannes sich zu einem hochgewachsenen gutaussehenden Kerl entwickelt. Johannes Kinderjahre vergingen genauso schnell wie meine Kinderjahre, sodass ich mir viel zu oft darüber Gedanken machte, wo die ganze Zeit denn geblieben ist.

Thilda (Mathilda)

Johannes war inzwischen erwachsen. Regelmäßig machte er Mathilda schöne Augen. Die Dominikanerin Mathilda kam zweimal in der Woche mit frischen Mangos, Ananas und Papaya bei uns vorbei, die sie aus Santo Domingo mitgebracht hatte. Sie brachte nicht nur Obst, sondern ihr strahlendes Lächeln verbreitete gute Laune. Ich nannte sie Thilda. Fand, dass der Name besser zu ihr passte. Hinzu kam, dass Martha und Mathilda beides mit Ma beginnend erinnerte mich an Martha, die früh verstorben war.

Thilda und mein Sohn Johannes waren ein Paar, dann wieder nicht, später wieder doch, als sich Johannes 1981 überraschend nach USA abgesetzt hatte. Seine dominikanische Dauerverlobte Thilda war nicht gerade begeistert. Sie war hochschwanger mit Harrie. Aber es hatte keiner so richtig nachgefragt. Die Dominikaner gingen irgendwie lockerer damit um als wir deutsche.

Ich hatte ihr natürlich auch Avancen gemacht. Es kam ihr nicht gerade ungelegen. Johannes war mit der Feldarbeit beschäftigt und wir unterhielten uns in einem Kauderwelsch. Manchmal konnte ich Brocken meiner Französischkenntnisse verwenden, um das spanische zu analysieren. Mir gefiel es, wenn Thilda in der Küche beim Gemüsewaschen war, und ich sie mit ihrem damals noch kleinen runden Hintern hin und her wackeln sah. Dieser kleine Hintern animierte mich und hin und wieder griff ich auch zu, woraufhin sie nur mit belustigtem Lachen reagierte, bis sich eines Tages meine Männlichkeit derart auffällig in mir regte, was ihr wiederum gefiel und es war als hatte sie nur auf diesen Moment gewartet, endlich zur Sache zu kommen. Die erotische Anziehung metaphysischer Wellen schoss sich bei mir und Thilda bereits bei der ersten Begegnung ein. Damals, als sie zum ersten Mal ihre Früchte bei uns anbot: "Ananas" sagte sie nur, und ich sagte "Ich liebe Ananas"

Wir sprachen mit Händen und Füßen über die frischen Früchte aus Santo Domingo. Johannes hatte die Idee, noch ein paar Tapas vorzubereiten und den guten Tequila anzubieten. Schließlich hatten wir sie dazu bewegt, über Nacht zu bleiben. Es war klar, dass Johannes ein Auge auf diese zauberhafte, kaffeebraune Gestalt geworfen hatte. Er bot ihr an, in seinem Bett zu übernachten, während er auf der Couch schlief. Rückblickend gefiel Thilda Johannes und mir wohl gleichermaßen, aber Johannes hatte den Vortritt, weil er ihr altersgemäß eher entsprach als ich alter Socken.

Johannes war weg. Nach USA. Thilda war schwanger und Harrie kam zur Welt. Als Harrie zwei Jahre alt war, kam er hierher in mein Haus und Thilda kehrte zu ihrer Familie nach Santo Domingo zurück. Alles schien unkompliziert. Aber es schien nur so.

Teil 5

Hispaniola/Sosúa auf der Veranda

Wir zwei Alten. Zu gerne schwelgten wir in der Vergangenheit. Der ‚Alte‘ Jaques erinnert sich:
Sie verkaufte wieder ihre Ananas und Papaya und nicht zu vergessen die leckeren Passionsfrüchte, die durchschlagende Erfolge hatten, wenn man zu viele von ihnen aß. Seine alten Knochen bewegen sich von der Veranda einige Stufen treppab zur umliegenden Terrasse. Das Meer vor seinen Augen.
„Wo bist du denn Isabell?"
"Da drüben, die kleine Bucht, das ist die 'Chiquita Beach'. Nicht weit entfernt waren die Felder, die wir bestellen mussten. Aber das ist eine andere Geschichte. Viel schlimmer war es, dass sie uns in einen Kibbuz eingereiht hatten. Dabei handelte es sich bei uns doch um wirtschaftlich unabhängige Menschen die gekommen waren. Da hatte wahrhaft niemand Lust auf einen Kibbuz und die Leute sind ganz schön aufmüpfig geworden."
Isabells entspannten Gesichtsausdruck ist anzusehen, wie wohl sie sich in dieser Umgebung fühlt. Ihr einstiges Vorurteil vom 'Ballermann' hatte sich völlig verflüchtigt. Sie pflichtet mir bei:
"Heute könnte ich es hier auch sehr gut aushalten. Ich würde jeden Tag schwimmen gehen, und nachts meine Berichte für die Zeitung schreiben."

"Über was schreiben Sie", will ich wissen, "ich denk sie arbeiten" - deutet nach mit dem Kopf nach oben - „in der Luft?"

„Zum Thema 'Interview' habe ich einen Auftrag von meiner Tageszeitung mit auf den Weg bekommen. Und hier erhalte ich sehr viel Anregung."

"Zu was für einem Thema?"

„Sie sind ein Zeitzeuge. Während ich hier sitze und ihnen zuhöre, kommt mir der Gedanke, etwas über einen Zeitzeugen zu berichten. Den Zeitzeugen Jaques, der sich zur richtigen Zeit am richtigen Ort befand."

"Aber ich bin nicht allein gekommen, sondern mit meinem Vater. Der Zeitzeuge an sich ist mein Vater Jacob. Er war es, der zur richtigen Zeit am richtigen Ort war. Er sang in Évian und er war es auch, der Golda traf. Ohne sie wären wir ... mag ich gar nicht drüber nachdenken."

„Alles war ein Zufall" weiter murmelte er in seinen Bart hinein, während der Rotwein schon seine Wirkung hinterließ, - wir widmen uns wieder unserem Bordeaux, der inzwischen fast leer ist. Aufstehen ist nicht mehr meine Sache. Für kurze Gänge beauftrage ich Harrie.

"Harrie, bring uns mal die Kartoffelsnacks mit Paprika",

"meinst du die Chips?"

"Genau die".

Harrie, Isabell, Benni und ich, der alte Jaques verbringen eine schöne Zeit bei einem guten Tropfen auf meiner Veranda. Der Blick auf Palmen und Strand ist magisch.

Der Rest Bordeaux ist in den Gläsern. Die Bordeaux Flasche ist leer. Die Chips aufgegessen. Im Schälchen befinden sich nur noch ein paar Krümel.

"Ich muss meine alten Knochen ein bisschen bewegen. Die Flasche ist leer und ich guck, ob ich noch was Neues finde um euch gut zu bewirten."

Harrie stellte das neue Schälchen mit der geöffneten neuen Flasche auf den Tisch:

„Jetzt hat er wirklich einen sitzen, redet immer dasselbe. Naja, jetzt ist er wieder in der Vergangenheit."

"Ich genieße ihn täglich, den Blick von der Veranda und den großen breiten Strand. Für mich war es der Ort nach einer langen Reise, der einfach klasse war. Jeden Tag konnten wir baden gehen. Felder bestellen mussten wir natürlich auch. Das war weniger spannend. Aber hier war es für uns Kinder in Ordnung. Mir ging es gut. Bis auf die Sonne, die regelmäßig unsere helle Haut verbrannte, sodass man am nächsten Tag die Fetzen wie von einer Pellkartoffel abziehen konnte. Uns fehlte es an nichts."

"Wirklich gutes Tröpfchen", Benni begutachtet sein Glas.

Harrie und Johannes hatten sich vorgenommen, Mutter Thilda, wie sie genannt wurde in Santo Domingo abzuholen. Schon oft hatten sie sich so ein Familientreff vorgenommen. Dieses Mal hatte es nun tatsächlich geklappt. Isabell kam es sehr gelegen, ein wenig vom Landesinneren zu sehen. Ihr Zeitplan erlaubte es noch, die *beiden zu begleiten. Eine Wegstrecke, für die Jaques und Jacob früher einen Tag zurücklegten, war heute in zwei Stunden zu schaffen, wenn man schnell fuhr, wie Harrie. Inzwischen sind alle Straßen nach Santo Domingo gut gepflastert. Der Scheibenwischer des Hondas arbeitete gegen den Regen. Harrie kennt die Strecke nach Santo Domingo im Schlaf. Isabell erinnert an die Geschwindigkeitsbegrenzung.*

Nach all den Jahren treffen sich Johannes und Mathilda wieder. Sie reden über die Entwicklung von Harrie, als wäre es ganz normal gewesen, dass Johannes nach USA auswandern konnte während Harrie bei Opa Jaques aufwuchs. ‚Aber jeder weiß es. Jeder weiß, dass Johannes als Kind einen fiberhaften Infekt hatte, der erst Jahre später als Kinderkrankheit diagnostiziert wurde. Es wurde befürchtet, dass Johannes gar keine Kinder zeugen kann.'

Auf der Veranda wurde es immer geselliger.

„Jetzt ist uns doch tatsächlich der gute Bordeaux ausgegangen", beguckt die Flasche als wollte er fragen die wievielte? Benni macht sich mit der leeren Flasche auf den Weg in die Küche, und Jaques nutzt die Gelegenheit, um aus der Vergangenheit auszuholen:

„Wir hatten uns schon fast aus den Augen verloren. Aber dann fand ich vor geraumer Zeit eine Nachricht von Benni im Briefkasten. Benni war derjenige, mit dem ich mich austauschen konnte über die Geheimnisse meiner Eltern, und er war derjenige, der wusste, wie schwierig

es mit Vater war. All das ging uns in der Zwischenzeit verloren. In der Zwischenzeit passierte das eigentliche Leben. Mutter war ein für alle Mal weg. Vater war tot. Was unsere Gemeinsamkeit betrifft, dreht es sich um die Zeit 'davor' und die Zeit 'danach', in der wir uns jetzt wieder zusammengefunden haben. Als wir uns dann im Greisenalter wieder trafen war die Zeit 'dazwischen' plötzlich bedeutungslos und es war, als hätten wir uns gestern als 13jährige Jungs voneinander verabschiedet."

Benni hält eine neue Flasche in der Hand und knüpft sofort an alte Zeiten an:

"Wir wurden vertrieben zu einer Zeit, in der man am besten kein Namenschild an der Tür befestigte, weil aus unserem Namen 'Kirschenbaum' unsere Ethnie abzulesen war."

"Und Vater nannte deine Mutter immer Kirsche."

"Ja und hier findest du 'David Stern' und 'Rosenbaum' sogar als Straßennamen."

"Ist zwar nicht die USA geworden, aber hier ist es zauberhaft."

"Aus den Zäunen wachsen Bäume, so fruchtbar ist dieser Platz in der Karibik."

"Jaques, es hat geklingelt. Dein Gehör ist wirklich schlecht."

Benni ist zwar genauso alt wie Jaques, hört aber noch deutlich mehr. Dafür sieht er nichts. Mein Schulfreund Benni hatte sich für seinen Lebensabend vorgenommen, in der Karibik zu bleiben, hier spricht man ja deutsch, meinte er nur und hier wird er bleiben. Bennis Vater, der

'Gelddrucker', hatte es verstanden, sein Vermögen rechtzeitig in der Schweiz anzulegen und da er über genügend Vermögen verfügte, indem er alles rechtzeitig auf ein Konto in die Schweiz transferiert hatte, war er dort auch gern gesehen und wurde problemlos aufgenommen. Geld machte schon immer alles möglich. Und wir hatten ganz wenig Geld und deshalb wurden wir in die Karibik verschachert. Schließlich waren es die netten Dominikaner, die mich mit ihrer lockeren Einstellung zum Leben begeisterten. Bis heute erfreue ich mich an ihrer Salsa und Merengue Musik, erzählte Jaques ohne Punkt und ohne Komma und fuhr fort, - nicht besser hätte es uns ergehen können an diesem goldsandigen Strand mit seinem Tauchriff, wobei es die Kite-Surfer damals noch nicht gab. Sie sind so lebensfroh, diese Dominikaner, ich greife ihr heute gern noch um die Taille, und ... - die weiteren Gedanken behielt er für sich, fuhr dann aber fort, - „früher konnte ich Thilda locker umschlingen und ihren hochgestellten Hintern, der auf einem hohen Fahrgestell thronte, locker begrabschen. Er war so rund, als wolle er dazu einladen, einen Blumentopf auf seiner vorgewölbten Rundung abzustellen. Heute hat sich ihre Rundung bis hin zum Dekolleté ausgebreitet. Obwohl sie nur wenig Jünger war als mein Sohn Johannes so ist sie doch mindestens fünfundsechzig. Aber das Alter kennt hier wenig Grenzen. Schwarzer Kajal um die Augen, knallrote Lippen umrandet von zwei Kreolen so groß wie

Wagenräder schmücken ihr kaffeebraunes Gesicht immer noch und wenn sie lacht, blitzen ihre weißen Zähne hervor bis auf die hinteren, die nicht ersetzt worden sind. Sie lachte immer viel und aus vollem Herzen und natürlich hatte sie jemanden gebraucht, der sie in den Arm nahm als sie plötzlich allein war. Naja. Vorher, das mit Harrie, das war nicht so geplant, war eher ein Versehen. Hatte erst viel später erfahren, dass Johannes gar nicht zeugungsfähig war. Mathilda nahm das alles nicht so tierisch ernst. Und Johannes war weg. Und Harrie hatte nicht nachgefragt.

Tja, das war damals als wir noch jung waren.

Jetzt sitze ich im Gegensatz zu früher nur noch am Fluss zum Angeln. Die Zeiten der Bergwanderungen sind vorbei. Früher habe ich den 'Pico Duarte' bestiegen. Ist immerhin der höchste Berg der Antillen über dreitausend Meter hoch.

Die Leute denken immer nur an 'Ballermann', wenn sie hierherkommen. Hier in meiner Veranda ist kein 'Ballermann'.

"Hier sitze ich täglich und blicke auf die Brandung, genieße allabendlich einen Drink."

"Oder auch zwei oder drei",

wirft Benni ein.

"Es klingelt." Der Himmel hat sich kurzzeitig aufgeklart, wobei ein dickes Wolkengebilde im Kommen ist.

Thilda, Harrie, Isabell und ganz hinten Johannes zeigen ein freundliches Gesicht. Ich freue mich zwar, meinen Sohn Johannes nach all den Jahren wiederzusehen. Denke aber, das ist eine komische Überraschung, alles so ohne Ankündigung, einfach so, aber Thilda meint,

"wir haben noch jemanden mitgebracht, Jaques,"

"ach habe dich erst gar nicht gesehen, ... mein Sohn ist auch ein alter Mann geworden, nach all den Jahren."

„ist ja eine tolle Begrüßung,"

„ihr überrascht mich!"

„Hoch – Leben - wollen wir dich"

„Es ist dein x- und neunzigster Geburtstag - wie du selbst immer sagst - und wir lassen dich hochleben. Was willst du für Musik hören?"

„Gar nix, ich feire nix mehr, weiß doch jeder."

Isabell fühlt sich fehl am Platz, komische Stimmung, dabei deutet sie Harrie,

„ich gehe frische Luft schnappen," Harrie folgte ihr.

Eindrücke gehen Isabell durch den Kopf:

'Der Alte erzählte von Spinoza und den natürlichen Gesetzen. Er meinte, Gott sei eins mit der Natur und einer höheren Intelligenz. Mit der höheren Intelligenz meinte Spinoza das Universum. Er war sich auch ganz sicher, dass alles was geschieht, ausnahmslos den planmäßigen Gesetzen der Natur folgt. Da passt Harrie doch gut ins

System, fällt ihr ein. Harrie will jetzt nach Deutschland.
Glaubt er finde ein Engagement mit seinem Musikinstru-
ment.
Wenn man die derzeitige Situation in Europa anschaut,
dann kann man verfolgen, dass sich alles in Richtung
Westeuropa bewegt. Eine richtige Völkerwanderung.
Genau in das Gebiet, aus dem die Menschen einst ver-
trieben wurden. Alles dreht sich im Kreise. Was der Alte
ihm über Spinoza und diese 'natürlichen Gesetzen' all die
Jahre doziert hatte, ja ... könnte so sein. Alles in der Natur
unterliegt einer natürlichen Gesetzmäßigkeit.'

Harrie und Isabell gehen wortlos nebeneinander her, bis
beide gleichzeitig beginnen zu erzählen,

"Ich habe ..." beginnen Harrie und Isabell gleichzeitig,
"Harrie, du bist auch einer, der nach Europa zurückkehrt.
Du wirst vorspielen dürfen. Dafür setzte ich mich ein,
ich knüpfe mir einen Musikredakteur vor."
„Man sagt mir nach ich monologisiere nur. Kann sein,
aber eines ist klar, ... Trujillo wollte die Hautfarbe der Do-
minikaner aufhellen. Deshalb waren wir hier willkom-
men ..." Vor der Haustür angekommen ist Isabell sich
nicht sicher über die Stimmung bei Jaques.
„Meinst du die da drinnen haben ihr Thema abgehakt?"
„Denk schon, außerdem ist das alles nichts Neues."
„Dann können wir wieder reingehen,"

während er mit dem Schlüssel die Haustür öffnet, dreht er sich lachend zu Isabel,

„bei mir hat's funktioniert, ich bin kaffeebraun mit einem guten Schuss Sahne und gut gebaut auf langen hochgestellten Beinen", will Zustimmung von Isabell.
Aber Thilda hat es auch gehört und meint,
„ja das ist von mir,"
„fehlt aber noch was"
„deinen athletischen Body, meinst du das?"
Mathilda zu Jaques
„seinen sexy 'm, du weißt schon, haben wir ihm vermacht."
"Jaques kriegt einen dicken Hals," spottet Mathilda
„wir? Meinst du uns beide?"
Mathilda nickt. Harrie verteilt volle Sektgläser und wendet sich Jaques zu
„du bist x-und neunzig und sollst nicht irgendwann mit einem Geheimnis ins Jenseits treten."
„Was für ein Geheimnis?"
Mathilda
„aber wir wissen es doch alle. Du auch!"
"Ich auch?"
Mathilda zu Harrie,
„Du hast nichts ausgelassen, und mich auch nicht."
Zu Harrie gewandt, " Spiel uns was Schönes, ... eine Salsa ... das musikalische hat er von Jaques."

Gedanken wie: ‚Eigentlich wäre es mir lieber gewesen, alles wäre ein Geheimnis geblieben. Irgendwie überfordert mich dieses Geradeaus. Und wie sollte Harrie mich denn jetzt anreden. Mit Opa, Papa, Vater, oder mit Jaques? - Genau, mit Jaques, das wäre das Beste,‘ stellt Jaques sich ganz pragmatisch vor.

Aufklärung im Hier und Jetzt

Das Verhältnis zwischen meinem Sohn Johannes und mir fröstelte vor sich hin. Aber nach all den Jahren und dem Ergebnis 'Harrie' ist momentan noch nicht mehr zu erwarten.

Während die anderen schweigend auf das aufgewühlte Wasser blickten, braute sich am Himmel erneut etwas zusammen. Der Regen prasselte auf das Dach. Benni erzählte aus vergangenen Zeiten. Harrie ermahnt Benni, "du musst lauter sprechen". Benni wird unsicher," will er das wirklich wissen was damals war?"
"Ja klar", ich bin neugierig.

Vater hatte damals vor Kriegsausbruch noch wochenlang über diesen Pianisten, 'Paul Miron', so hieß der Lover von Mutter geflucht. Hatte seine Haustür fast eingetreten, bis eine Nachbarin in der Tür stand und ihm von der geplanten Abreise nach New York oder Kuba berichtete. Jedes Mal, wenn ihm irgendein Indiz zu Mutters Verschwinden einfiel, begann er wieder auf diesen Klavierklimperer, wie er ihn nannte zu schimpfen. Immer wieder geisterte ihm durch den Kopf, wie es passieren konnte, dass dieser Typ ihm die Frau geraubt hatte. Frauenraub. Wo sie letztlich gelandet sein könnte, recherchierte er eine ganze Zeit lang nicht mehr. Das ließ seine gekränkte Eitelkeit nicht zu. Und seinen eigenen Anteil anzuschauen, das war damals genauso unmodern wie heute. Ich dahingegen habe noch genau den Weg in Erinnerung, den wir gingen, als Vater vor sich hin meckerte und Mutter in keiner Weise zu Wort kommen ließ. Ich sah nur wie sie Luft holte um ihren Einwand kundzutun, bis sie einfach stehen blieb, ihn meckernd weiterlaufen ließ und nach der Kurve umdrehte und verschwand, woraufhin Vater mich dann angemacht hatte, wo Mutter denn geblieben sei.

Dass nun ausgerechnet mein Schulfreund Benni bis ins kleinste Detail über Mutters Auswanderung informiert war, fiel mir im Traum nicht ein.

Und Harrie war es schließlich, der gern in der Geschichte seiner Familie herumkramte und mit Benni hatte er den richtigen gefunden.

Benni tauchte gern in seine kindliche Vergangenheit ab. Erzählte ihm, wie sehr er seinen Freund Jaques, Harries 'Opa' damals im Jahre 1938 vermisst hatte, als sein Vater mit ihm nach Frankreich und später nach Sosúa geflüchtet war,

"dass man es in Deutschland überhaupt nicht mehr aushalten konnte. Willst du das wirklich alles wissen??"

Der Regen über uns ergoss sich inzwischen wie aus Eimern auf den Vorsprung der Veranda. „Es ist als säßen wir in einer geschützten Glocke des Universums. Ich will hören was sie sich erzählen". Die Innenflächen seiner

Hände vergrößern seine Ohrmuscheln um Bennis Wortlaut folgen zu können.

"Jaques, weißt du denn nicht was mit Paul Miron und Ruth, ich meine mit deiner Mutter passiert ist?"

"Doch! Sie sind zusammen ausgewandert. Ausgewandert zu Vaters Freund 'Roosevelt' nach USA," hab aber oft dran gedacht, dass sie mich mit Vater einfach hat sitzen lassen. - Irgendwas hatte ich dann gehört im Zusammenhang mit Kuba, dann war der Kontakt weg. Dieser Klavierklimperer war in seinen Augen ein Mistkerl.
Harrie wirft ein,
"man erzählt sich, der Alte war sicher auch nicht der einfachste. Künstlerallüren. Sie konnte ihn begleiten, egal welche Arie es war und du hattest die Sopranstimme übernommen"
"genau, hatte ich auch später noch auf dem Schiff während der Überfahrt übernommen, als er mal wieder durchgeknallt war. Damals musste er Zarah Leander Lieder singen. Er hatte sich so aufgeblasen, dass sogar der mittlere Knopf von seinem weißen Oberhemd geplatzt war. Ich hatte aus dem Stehgreif die Arie der 'Michaela' aus Carmen gesungen."
„Du reißt ständig das Thema an dich" regt Harrie sich auf, „jetzt sei doch mal still!! Zu Benni,
„was wolltest du grad sagen?"

"Jaques, sie sind nicht nach USA ausgewandert."

"Wohin denn?"

"Nirgendwohin." Macht eine Pause.

"Beide, dieser Paul Miron und deine Mutter befanden sich auf dem Luxus Dampfer 'St. Louis' auf dem Weg nach Kuba."

Machte wieder eine Pause. Versuchte sich eine Zigarre anzuzünden. Es kam vom Himmel runter was runterkommen konnte. Regen prasselte wie aus Kübeln.

„Ach, in dieselbe Richtung wie wir,"

„jetzt halt mal deine Klappe!" Fährt Harrie wieder dazwischen.

"Sie sind erst ein Jahr später gefahren",

während Benni erzählt raucht er eine Zigarre namens Havanna, die ständig ausgeht. Symbolträchtiger gehts ja gar nicht. Das Mundstück war schon ganz feucht und er zog an der Zigarre so lange bis die rote Glut an der Spitze zu sehen war.

"sie hatten sich in Hamburg auf die 'St. Louis' mit dem Zielhafen 'Havanna' eingeschifft."

"Aber sie wollten doch nach USA," kann Jaques den Mund nicht halten.

"Das war zu dem Zeitpunkt nicht mehr möglich. 'Roosevelt' wollte keine Künstler, die auf Almosen angewiesen waren."

„Und ‚Einsteins' Einwanderungskasse mit Spendengeldern war zu diesem Zeitpunkt geplündert."

"Sie sind ein Jahr nach euch im Mai nach Kuba ausgelaufen," berichtet Benni weiter.

"Das ist ja ein Katzensprung von 'Hispaniola' entfernt. Das hätte ich wissen müssen. Ich hätte sie sicher gefunden. Wer weiß, vielleicht gibt es auf der Nachbarinsel noch ein paar Halbgeschwister. - N paar Greise wie uns."

Benni zog immerzu an seiner Zigarre, betrachtete sie, "es ist zu feucht hier draußen," fährt fort,
"sie sind im Juli 1939 in Kuba angekommen. Es war fürchterlich heiß."
"Ok es war heiß und weiter?"
,Na endlich lässt er ihn mal zu Wort kommen' murmelte Harrie in seinen Bart hinein. Isabell gestikulierte, ,lass ihn doch'. Benni fuhr fort,
"es war eine Sonderfahrt. Über neunhundert deutsche Auswanderer mit dem Zielhafen Havanna befanden sich an Bord. Ein Luxusdampfer mit allen Schikanen, der in Cherbourg und Southampton auch noch Passagiere aufnahm. Reiche Amis machten sonst auf diesem Schiff ihre Kreuzfahrten. Genauso lustig schien es auch loszugehen während der zehn Tage auf dem Wasser. Da war jeden Abend Party.
Als sie in Havanna eingelaufen sind, fanden Passagiere sich im Büro des Bordtelegrafisten ein. Auch Paul Miron stand in der Schlange der Wartenden, um ihre

Angehörigen in Kuba über die bevorstehende Ankunft zu unterrichten.

Während der warme Regen die Sicht zum Meer in Längsstreifen einschränkt, berichtet Benni über die Geschehnisse und die Zusammenhänge. Alle waren sich einig, dass sich die Amis bis heute als Weltpolizei aufspielen.

In der Veranda war es still geworden. Kein Regen prasselte mehr. Leichte Sonnenstrahlen kamen zum Vorschein.
Ihm wurde jetzt klar, er wollte es nicht aussprechen, eine Zeit lang begutachte er seine Zigarre, dann flossen die Gedanken wie von selbst aus ihm heraus:

"Mutter gehörte nicht zu den Überlebenden,"
Jaques und Harrie schauten sich an, als blieben ihre Blicke stehen. Als wollten beide sagen, ,wieso wussten wir nichts von all dem!!
Benni bestätigte mit Kopfschütteln, machte eine Pause, ging in sich und ergänzte:

"Erinnern allein genügt nicht. Es bedarf der aktiven Kraft einer Auseinandersetzung um neue Bewegungen entsprechend zu konfrontieren. Wichtig ist es, die Geschehnisse von damals zu thematisieren, vor allem darstellen, wohin der Rassismus geführt hat," kann ich nur bestätigen, … " und wie es sein kann, dass sich in einem Land mit seiner derartigen Vergangenheit rassistische Aktivitäten erneut ausbreiten können."

Isabell Haare raufend,

"das kann doch nur heißen, dass die menschenverachtende Ideologie weitergegeben wurde und immer noch in den Köpfen ist. Wir sind alle die Fortsetzung von Traumata anderer Leute. Wir sollten aufhören zu glauben, dass es unsere eigenen Traumata sind, die uns in unerwarteten Momenten heimsuchen wie irgendwelche Geister."

Als Isabells Smartphone einen leisen Ton von sich gab wurde sie abgelenkt, wischte übers Display und verschwand im Flur. Unsere Runde von Benni, Martha, Johannes und Harrie hatte sich inzwischen eng zusammengefügt, und es war als suchten wir die körperliche Nähe zueinander, um die Ereignisse gemeinsam zu tragen. - Doch dann ergibt ein Wort das andere und entwickelt sich zu einem emotionalen Schlagaustausch untereinander:

Damals wurden alle rausgeworfen ...
- Sie war da. Er war da. Ich war da

Im Flur entnahm Isabell ihrer E-Mail die neuen Flugdaten. Das Smartphone klappte zu. Ihr Kopf hob sich, dabei richtete sich ihr Blick auf ein gerahmtes schwarz-weißes Foto, das inmitten einer Bilderwand von

174

Erinnerungsfotos hängt. Nur dieses eine Bild ist rot gerahmt. Darauf blickt eine sichtlich gealterte Frau konzentriert in ihr Publikum.

Isabell spürt Harrie neben sich.

"Da ist sie ja, die 'Golda Meir' als Ministerpräsidentin Israels,"

"so wie wir sie aus den Geschichtsbüchern kennen", ergänzte Harrie.

"Die beiden hatten sich noch regelmäßig geschrieben."

"Hat sie geantwortet?"

"Keine Ahnung. Wahrscheinlich nur selten. Das Bild stammt aus der New York Times. Er hatte sie bis zum Schluss verehrt".

Isabell stemmt ihre Hände auf die Hüften, dabei grient sie ihn an, "immerhin hat sie eure Weichen gestellt."

Return Harrie und Isabell Puerto Plata - München

Der Jumbo von Puerto Plata nach München hat abgehoben.

Harrie hat wieder denselben Platz eingenommen wie beim ersten Mal. Sein Blick aus dem Fenster richtet sich konzentriert zum Dreier-Triebwerk. Auf ihrer Crew-Bank hat Isabell Harrie im Blickfeld, der sich seiner Nachbarin annimmt. Seinen Lippen kann sie ablesen, "wenn die Maschine einmal fliegt, dann fliegt sie, fliegen ist sicherer als Autofahren."

In Isabells Münchner Wohnung liegen sämtliche Notizen und Zettel lose auf einem unaufgeräumten Schreibtisch, sie fliegen genauso lose umher, wie damals auf der Terrasse in Sosúa, als Harrie ihr zum ersten Mal begegnete. In Sosúa wären die Blätter davon geweht, wenn er sie nicht rechtzeitig aufgefangen hätte. Heute gibt er ihr schlaue Ratschläge wie:

„Wir dürfen nicht vergessen, die Erzählung muss zu einem Handeln führen, wenn sie nicht ohne Wirkung sein will."

Schon gut ..., denkt sie sich, hat ihr Fenster im PC gerade aufgerufen. Das Bild der Tageszeitung WZ ‚Gesellschaft' erscheint. Beim Eintippen der Überschrift ‚Novelle eines Zeitzeugen ...' guckt Harrie ihr über die Schulter, denkt mit:

"Wenn Jaques kurz vor dem Weltkrieg im Jahre 1938 zwölf war, dann ist er ... 1926 geboren und sein Vater Jacob ca. 25 Jahre früher, so wie Golda, um 1900 rum."
Sie unterbricht kurz.

„Und ich habe ihn zufällig am Fluss getroffen."

„Nee, du hast mich zuerst im Flieger getroffen und danach habe ich dich mit ihm bekannt gemacht. Du bist über seine Angelleine gestolpert."

„Ach ja", erinnert sie sich, „alte Leute sieht man nicht. Aber sie gehören zum Fluss des Lebens, alles fließt an dir vorbei, wenn du es fließen lässt, wirst du von dem Fluss getragen. Er trägt dich durch Veränderungen hindurch. Du musst ihm nur vertrauen."

„Das Engagement in Évian fand zur richtigen Zeit am richtigen Ort statt."

„Schlaue Worte, dachte ich zuerst; wie Recht er damit hatte".

Harrie hat sich in die Küche verzogen, eine Spaghetti Mahlzeit zubereitet. Auf den dampfenden Teigwaren zerläuft der Käse.

„Es riecht nach Knoblauch",

„dieser Auftritt im Hotel Royal führte die entscheidende Wende herbei."

Die Gabel umwickelt mit einer Ladung Spaghetti passt kaum in seinen Mund hinein. Im Hintergrund läuft ein Fernsehbeitrag zum verliehenen ‚Echo' Preis. Er kann gar nicht schnell genug kauen um dem Kommentar seiner hochkochenden Emotionen freien Lauf zu lassen.

„Da! Sie hin! Die Kunst der Unterschicht. Sie verkünden das neue Grundgesetz der Straße."

Ein Wort ergibt das andere:

„Der Antisemitismus ist multikulturell geworden,"

„jetzt werden alle wieder reingeholt,"

„alle?"

„Die Medizintouristen! Guck dich doch um ... deine Nachbarn. Haben sich eingemietet bei einem reichen Scheich aus den Emiraten. Sind reiche Medizintouristen aus den Emiraten, die ein kleines Vermögen hierlassen. Wenn sie die Wohnungstür verlassen sind sie zugehängt mit einem schwarzen Zelt. Mit ihrem Multivermögen könnten sie ganze Völker von der Armut befreien. Stattdessen tanzen sie hier mit ihrem Hofstaat an und belegen Wohnraum, anstatt ins Hotel zu gehen. Werfen den Müll aus dem Fenster statt in den Mülleimer. Beschriften die Namenschilder ihrer Eigentumswohnungen mit durchnummerierten Mohammets."

„Das kann ich nicht schreiben!"

Mit der Gabel fuchtelnd: „Mehr noch, sie kaufen sich neue Zähne und Titanhüftgelenke und behängen Tussis mit Dior Fummel und teurer Kosmetik. Die Parfümerieverkäuferin hat extra ein paar Brocken arabisch gelernt, um sie besser bedienen zu können, - und dann die vielen Menschen ohne Papiere, die hier untergetaucht sind."

„du meinst diese vielen Flüchtlinge, die hier ohne Papiere untergetaucht sind?"

„Genau die!"

„Das ist ein gesamtgesellschaftliches Thema und muss auch so behandelt werden. Man muss diesen Menschen unsere Werte rüberbringen."

„Tu doch nicht so heilig! Warum kann man das denn nicht beim Namen nennen!"

„Aber das kann man doch,"

„kann man eben nicht! Leute mit diesem Gedankengut gliedert man heute automatisch den Rechten zu wie ... weißt schon wie!"

„Also," versucht sie ihn zu beschwichtigen, „du meinst, da muss ein Bewusstsein geschaffen werden.

Aber sind das nicht einfach nur Doofis? Und Doofis gibts überall in Europa."

„Ich wusste gar nicht, dass du so ein ‚Gutmensch' bist."

Sie nutzt die Gelegenheit, um die leeren Teller in die Küche zu tragen, in der Hoffnung, das Thema sei jetzt erledigt. In ihrem Bericht gehe es um etwas anderes. Denkt darüber nach. Wurde in diesen Ländern der Antisemitismus wirklich in die Sozialisation eingewebt?

„Nochmal!" Ruft er ihr in die Küche hinterher,

„viele dieser ‚Doofis', wie du sie nennst, sind eingereiste Muslime, in diesen Staaten wurde der Antisemitismus staatlich gesponsert. Und sie sind antisemitisch sozialisiert worden," sein Ton wird immer lauter,

„und dann dieser Straßenrap. Damit komm ich nicht zurecht. Nicht mit der Vergangenheit meiner Väter."

„Diese Themen entstehen immer bei großen Umbrüchen," setzt sie an, er fährt dazwischen,

179

„es geht eigentlich gar nicht um die Menschen. Es geht um Macht. Um Wirtschaft. Ist eigentlich gar kein Problem der Juden, sondern Problem der Gesellschaft."
Sein Ton wird noch schärfer:
„Die Saudis macht keiner an."
„Und mich auch nicht! Hör jetzt auf damit!"
„Die Europäer liefern denen Panzer. Das bringt Geld."

Die Wohnungstür klappt von außen zu. Damit ist für Isabell das Thema erstmal beendet. Der Fernseher läuft inzwischen ohne Ton, weil Harrie sein Skype zu Jaques aufgerufen hat.
Das Bild vom alten Jaques erscheint im PC.

„Da kommt ein Zeitzeuge und findet dieselbe Thematik vor wie damals, ... damals als er davongejagt wurde! Wie siehst du das? Schließlich geht es ja um dich in Isabells Artikel."
„Was ich meine, darf man bei euch ja nicht aussprechen, dann heißt es ja gleich, man sei rassistisch."
„Inzwischen gibt es schon Wortmeldungen."
„Ich, mein lieber Harrie, muss das Thema nicht mehr lösen."
„Richtig du bist über neunzig."
„Ich bin einiges über neunzig. Und ich kokettiere immer noch mit meinem Alter. Ich will keine Feier zu einem runden Jubiläum. Mag ich nicht. Überhaupt nicht. Will nur Spaß haben. Und das steht mir zu. Das wünsche ich mir zu meinem Ehrentag oder genauer gesagt anlässlich meines Jubiläums. Ich würde so gern mal wieder in eine

Disco gehen, zu den jungen Leuten. Aber - aber - so einen Opa Stones wollen die nicht bei sich haben."

„Die Typen sind dreißig Jahre jünger als Du. Du bist kein Opa Stones, du bist Uropa Stones."

„Schon gut. Eher werden die Stones nochmal in echt und bekifft akzeptiert. Aber ein gleichaltriger, Opa oder Uropa ist jetzt egal sprengt die Toleranzgrenze bei weitem. Schade. Warum eigentlich. Warum darf man denn nicht alt sein? Sehe doch noch ganz manierlich aus - von weitem -. Bin noch ganz schlank. Schlanker als manch ein junger Mann. Aber da ist noch was anderes. Mir geistert - und vielleicht sind es die Geister meiner Lieben, die sich bereits jenseits befinden - der eine oder andere durch mein Gemüt. Dann stelle ich mir vor, wie einfach es doch ist. Sie sind einfach weg und haben sich in feinstoffliche Energie verwandelt, wobei das Wort ‚einfach' sicher nicht stimmt. Das Verabschieden viel sicherlich schwer. Das Wahrhaben, sich verabschieden zu müssen und das für immer, das ist ein Zustand, den ich in Worte zu fassen fast unfähig bin. Auszudrücken, was für eine Flut von Emotionen, über einen Menschen herzufallen scheinen, wenn er sich bewusst in einer Ablösungsphase vom Hier und Jetzt befindet versuche ich mir täglich vorzustellen. Oft stelle ich mir vor, wie es wohl sein könnte. Fühle bewusst meinen Körper und frage ihn nach meinem tiefen Gefühl in mir drin. Frage ihn, ob ich mich selbst loslassen könnte. Loslassen zu einer Reise, die in die Unendlichkeit führe, sobald sie die irdische Endlichkeit hinter sich gelassen hat. All das stell ich mir harmonisch vor. Sozusagen aus der Erfüllung eines Lebens heraus sich bewusst

in eine neue Freiheit zu begeben. Sich aufzulösen. Bereit sein in diese Freiheit einzutreten und den Körper, seine Gestalt mit allem was dazu gehört einem lodernden Feuer zu übergeben, denn nur so kann die Seele ihre Freiheit finden, so sagen es fernöstliche Philosophien."

„Naja, du bleibst noch ein paar Jährchen."

„Das sagt man immer, wenn man darüber nicht sprechen will.

„Aber einen Gedanken werde ich einfach nicht los:

„Damals als ich dreizehn Jahre alt war, sind wir aus Deutschland geflüchtet, weil wir Angst um unser Leben hatten. Weil wir leben wollten, sind wir geflüchtet.

Heute mit x- und neunzig Jahren darf ich mich in Deutschland nicht für das Jenseits entscheiden. Selbst wenn meine natürliche Uhr abläuft, ich mich mit dem Verlassen von unserem Planeten seelisch und körperlich Eins fühlte, selbst dann würde ich in diesem Prozess gestört werden. Mein Prozess würde vehement von medizinischer Seite her unterbrochen werden. Ich würde hier festgehalten, egal ob neunundneunzig oder hundert."

„Die Quintessenz wäre, damals wolltest du nicht ‚gehen‘ und jetzt dürftest du nicht ‚gehen‘."

„Deshalb bleibe ich hier. Hier in der Karibik."

Figurenverzeichnis:

1. Generation vor dem zweiten Weltkrieg *1900

Jacob Blumental sen.	Sänger
Ruth Blumental	Ehefrau von Jacob Pianistin
Miron	Pianist, Liebhaber von Ruth
Aron Kirschenbaum	Bänker
Golda Meir	Geliebte von Jacob Blumental

2. Generation * 1926

Jaques Blumental	Zeitzeuge, Sohn von Ruth und Jacob Blumental
Benni Kirschenbaum	Schulfreund von Jaques

3. Generation *1981

Johannes Blumental	Sohn von Jaques Blumental
Thilda della Fontez	Ehefrau von Johannes
Harrie della Fontez	‚Enkel' von Jaques
Isabell	Freundin von Harrie

Quellennachweise:

Golda Meir, „Mein Leben" Ullstein Verlag
Seite 49
(Zitat: Mein Leben von Golda Meir S.157 ff Ullstein
GmbH Nr. 27523 von 1983)

Hans Herlin „Die Reise der Verdammten"
Verlag Heyne Bücher

Süddeutsche Zeitung Nr. 10
zitiert aus: Historische Gesellschaft - Die Löwin -
von Alexandra Föderl-Schmid 13./14. Jan 2018

Die Archetypen: Wie das „kollektive Unbewusste" unser
Leben beherrscht vom 06. Februar 2017
Jo von Beust

Wikipedia
Stichworte: Rafael Trujillo
- Das Leben im Norden der Insel Hispaniola
- Der Unbekannte Musiker (Block)
- St. Louis (Text ist in 2. „Rückblick zum Einsetzen")

Hotel Royal in Évian-les-Bains am Genfer See

Golda Meir als junge Frau

Golda Meir als Ministerpräsidentin

St. Louis 1939

1938　　　　　　　Rafael Trujillo

Inhaltsverzeichnis

Prolog
Wer war diese Ministerpräsidentin Golda Meir

190

Die Handlung ist frei erfunden, orientiert sich aber an historischen Ereignissen und Personen, die sich zum Zeitpunkt der geschichtlichen Ereignisse im öffentlichen Leben befanden. Die Charaktere sind überwiegend frei erfunden. Einige basieren auf Personen des öffentlichen Lebens, spielen aber nur Rollen in einem fiktiven Szenario. Die reale Geschichte wurde als Ausgangspunkt für die kreative Romanfindung zugrunde gelegt.

Bibliografische Information der Deutschen Nationalbibliothek:
Die Deutsche Nationalbibliothek verzeichnet diese Publikation in
der Deutschen Nationalbibliografie; detaillierte bibliografische
Daten sind im Internet über dnb.d-nb.de abrufbar.

TWENTYSIX – Der Self-Publishing-Verlag
Eine Kooperation zwischen der Verlagsgruppe Random House
und BoD – Books on Demand

© 2018 Norman, Gila

Herstellung und Verlag:
BoD – Books on Demand, Norderstedt

ISBN: 978-3-7407-4647-6